长安梦寻

和谷 著

西安出版社

图书在版编目（ＣＩＰ）数据

长安梦寻/ 和谷著. —西安：西安出版社，
2015.12（2021.4重印）
（丝绸之路丛书）
ISBN 978-7-5541-1337-0

Ⅰ.①长… Ⅱ.①和… Ⅲ.①散文集 — 中国 —当代
Ⅳ.①I267

中国版本图书馆CIP数据核字(2015)第306645号

丝绸之路丛书

长安梦寻

作　　者：和　谷
出版发行：西安出版社
地　　址：西安曲江新区雁南五路1868号影视演艺大厦11层
电　　话：(029)85253740
邮政编码：710061
网　　址：www.xacbs.com
印　　刷：永清县晔盛亚胶印有限公司
开　　本：889mm×1194mm　1/32
印　　张：7.75
字　　数：200千
版　　次：2016年1月第1版
印　　次：2021年4月第4次印刷
书　　号：ISBN 978-7-5541-1337-0
定　　价：38.00元

读者购书、书店添货或发现印装质量问题，请与本公司营销部联系、调换。
电话：(029) 68206233　68206222 (传真)

目录 CONTENTS

辑三

辑四

辑
一

唐长安

地气与文脉

恐怕连秦始皇也未曾料到，他辖下的一个小小的长安乡，到汉高祖手里易为都城并流芳百世。一说当是自取美名，所以名为长安，是因为它美好。

王莽政权短命，把长安改成了常安，现在看起来是有点无趣也无聊。好大喜功的隋文帝嫌长安城狭小，惧怕妖异偏又梦见洪水淹没了都城，事实上旧城已近八百年光景，污水沉淀，连饮一瓢清水也成了问题，也就只好在龙首原以南另建新都大兴城。

唐高祖复为长安，但唐长安已非汉长安，是在隋大兴城的基础上扩建而成，最后达到了同代世界城市宏大辉煌之峰巅。

唐长安，就这样成了类似某一个丰美、灿烂之秋的记忆符号，镌刻在恒久的时空之间。氏族晚期，出现了都邑（即城市）。摩尔根所说的都城是"用土坯和石头盖造的群宅院，有似于一个碉堡"，中国原始都邑的城垣则是由夯土版筑，就是说只是一座土城。从炎帝的姜城堡到黄帝"邑于涿鹿之阿"，再到周都于邰、秦定都咸阳，华夏文明的足迹转了一大圈，又回归黄河流域的最大支流渭河之滨。

到了唐朝，是第十个朝代在这里建都，前后历时 1062 年，创造了千古的光荣与梦想。

"关中自古帝王都，咸阳原上埋皇上。"说的是一种地气，一种文脉。

完美的"京样"

《诗经》说"洵美且都"，都，闲雅也。一个国家的政治中心，宫殿壮丽，人才荟萃，物品丰备，极尽富丽堂皇。一说"都就是头"，头是人的中枢神经。"城，盛也，盛受国都也。"大，是一种理想和象征。论面积，唐长安城相当于现在明建西安城的 7 倍左右，比同时期的拜占庭都城大 7 倍，较巴格达城大 6.2 倍，居当时世界名城之冠。唐长安城之大，已经大到了超乎需要的地步，城西北部成为外围地，可以耕田。

中国都城的传统规划思想，源自周礼："匠人营国，方九里，旁三门。国中九经九纬，经涂九轨，左祖右社，面朝后市。"以王宫为中心，将一个城市的行政、宗教、经济中心分开，足见以功能区分的原则。王宫的核心位置体现出君主的权威性，而前朝后市的规划则代表儒家"先义后利"的理想。

从风水角度来看，唐长安宫城、皇城、外郭平行排列，以宫城象征北极星为天中，以皇城百官衙署象征环绕北辰的紫微垣，外郭城象征向北环拱的群星。长安城中东西向、南北向交错的25条大街，将全城分为108坊，其象征寓意是恰好对应108颗星曜。南北排列13坊象征着一年有闰，皇城以南的东西各4坊象征着一年四季。

太极宫是长安第一处大的宫殿群，三四十座宫殿，构成一组富丽堂皇的建筑景象。其中一座称"镜堂"，用铜镜3000片、黄白金箔10万番，世称其丽。

位于丹凤门正北的含元殿是大明宫第一大殿，也是当时整个长安城中最宏伟的宫殿，殿基高4丈多，龙尾道的修筑更映衬出它的高大雄伟。但也因这条道坡长阶高，成为年迈大臣朝见之畏途。大中十二年正月，宣宗在含元殿卜尊号为"圣敬文思和武光孝皇帝"，当时太子少师柳公权年已八十，从坡下步行至殿前，力已委顿，误听封号为"光武和孝"，结果被御史弹劾，罚了一季的薪水。据说，这是如履薄冰的几朝元老柳先生一生所犯的唯一的错，真的不容易。

兴庆宫曾是唐玄宗做太子时的宫殿，登基后改建为皇宫。占地2000亩，为北京故宫的2倍。玄宗与杨贵妃常年在宫内享乐，诗人李白、梨园长李龟年曾分别应邀入宫做寿演戏，日本遣唐使藤原清河及留学生阿倍仲麻吕也来过这里。在离宫园林建筑中，华清宫皇帝莲花汤是用莹澈如玉的范阳白石所砌建的，并以石梁为顶横亘汤上，与古罗马沐浴石构建筑相似。

中国城市，由氏族聚落的城堡开始，在隋唐达到了高峰。论规模、设计、格局和气派，称得上中国建都理想的完美"京样"。

东市与西市

唐长安城的东市、西市，是最大的商业设施与机构。

二市各占两坊之地，分别在轴心朱雀大街之东、西第三街，形制为方形，面积约1平方公里。市周围筑墙，每面各开一门，内设井字形街道，将市内分为九区，每区四面临街，各种行业的店铺临街而设。

市是商业区，所居主要是商户，有邸、店、肆、铺、行等。肆店名称一般是卖啥称啥，如酒肆、茶肆、肉肆、卜肆、书肆；也有如鱼店、油靛店、法烛店、珠宝店、瓷器店，绢行、帛行、衣行、药行、铁行，波斯人做买卖的地方就叫波斯邸，也有以店主姓氏为名的。有旅馆、钱柜，有木头市，有买卖驴、马、家禽的，有兽医，有出卖劳动力、买卖奴婢的，也有殡葬凶市。

西市还有手工业作坊，烧炭漂布商、善射人、杂戏艺人等。仅东市内货财有 220 行之多，四方珍奇，皆所集积。

两市四周各坊和城门附近及大明宫前各坊，也是"一街辐辏，遂倾两市"。坊内有巷，巷内有曲，店铺遍布市外坊曲，流动小贩推车串坊，煞是热闹。市从都城伸延到周边州县，以至天下州县处处有市。

每天明时，街鼓擂三百声，夜禁已解，坊市开启。市吏主掌财货交易、度量器物，辨其真伪轻重，抬高物价要受到处罚。

街市商业空间经常举行宣示活动，有贞观的迎经像和咸通的迎佛骨，有天门街的祈雨，有贵族官僚和民间的迎亲、送葬车队"徒以炫耀路人"，有奢靡之风的侈丽眩目。

还有公众性的徇刑，先在皇城内左献庙、右告社，然后游行至东、西市示众，再押到城西南隅独柳树问斩。

万国来朝

唐长安城是当时最大的商业都会，多元文化交相辉映。

长安是丝绸之路的起点，西去可通西域、中亚、波斯和欧洲，不少地方置商馆并设互市监，如广州设有市舶司掌管对外贸易。全国设官驿 1639 所，形成了长安城与全国和世界各地多元经济文化繁荣的局面。

《旧约圣经》有"用丝绸为衣披在你身上"，有丝绸就会知道中国，知道长安。作为东方大帝国的都城，唐长安站在丝绸之路的这一端，吸纳了一个更辽阔更新奇的世界的营养。以亚历山大里亚命名的新城 70 多座，从地中海滨一直延伸到阿富汗和印度边境。如今天的赫拉特、撒马尔罕、马里等，原先都是丝绸之路的重镇与要道。

于是，东起日本、西到罗马或拜占庭、南到印度、北至流鬼的各国使臣纷纷来朝，唐长安成为文明世界的中心。许多国家都前来进行贸易和文化交流，万国来朝，城中置鸿胪寺接待外国使者。唐朝威及西陲，中亚即以"唐家子"称呼中国人。长安有国学六馆，太学诸生3000人，新罗、日本皆遣使入朝受学。

诃陵国的贡品为饮之亦醉的椰树花酒；赤土国则以甘蔗做酒，杂以瓜根。交趾进贡的龙脑如蝉蚕形，皇上唯独赐给贵妃一枚，香气彻十步远。朝鲜用马、布、纸、墨、笔和折扇，换取中国茶叶、瓷器、药材、丝绸和书籍。日本孝谦天皇向鉴真和尚表示："江山异域，日月同光，以唐为范。"鉴真说："中华文化，两国共享。"然而唐长安的制度文化不输入只输出，如日本大化改革后，仿效或原样照搬了唐朝制度。

有一句俗话说"条条大路通罗马"，最早也许是唐长安人说出来的，是站在长安的角度环望周围时说的，从外围说也就是条条大路通长安了。当时罗马的纺织业很发达，有一位外国学者风趣地说："中国人从大秦买回来的正是这种经罗马加工的丝绫，他们完全没想到竟买回了自己的丝绸。"长安、洛阳显然是交付了高昂的加工费。

海纳百川

唐长安兴盛时，世界上只有阿拉伯帝国与之并存，印度的佛教文化也是由唐朝扩大了影响，文化统一并兼容，儒、佛、道并行。长安寺观林立，著名佛寺有大兴善寺、大慈恩寺等。玄奘自贞观元年从唐长安城出发，至十九年西行取经归来，唐太宗令宰相率朝臣远出迎接，并在洛阳接见玄奘，后玄奘主持进行了中国佛教史上一次著名的译经活动，并建造大雁塔收藏经典。

长安除了在天文学、算学、医药学、地理学、史学等方面有着辉煌的成就外，在文学艺术上更是光芒万丈。

流传至今的 2000 多人将近 5 万首唐诗，是唐代社会人生的见证。诗仙李白从年轻时漫游天下，足迹遍历金陵、扬州、长安、洛阳等城市，被唐玄宗召见并任翰林供奉。尽管他因性格高傲，在长安只住了 3 年就离开了，但却成就了他伟大的诗名。诗圣杜甫在洛阳参加进士考试时没有及第，为实现致君尧舜的理想，于天宝五载来到长安城待了 10 个年头，曾受到玄宗注目，虽只是获得一个掌管兵甲器仗及门禁锁钥的小官职，却写下了不朽的壮丽诗篇。

宫殿门堂莫不有画，明堂、兵书莫不有图，书法融合南北，书体繁茂。吴道子有画圣之称，在长安、洛阳的寺院里画了300多堵壁画。玄宗任命吴道子为内教博士，叫他去写生，他回到长安后只用一天工夫，就把嘉陵江300多里的风光全部画完了。

反映在吃、穿、用、行、娱乐等日常生活消费方面，则是高质量高品位，极度奢华。饮食烹调品类增加，新的蔬菜和海产品进入，南方稻米在主食中占重要地位，豆沙和红曲初见长安。高足桌椅，不再举案齐眉。饮食方式上实行的是一种分餐制，这从韦氏宗族墓壁画饮宴图可以得知。

曲江游宴，尤以开元天宝年间最盛，杜甫《丽人行》中，"长安水边多丽人""水晶之盘行素鳞"，正是帝王奢华筵席的情景。唐长安专设的礼席"举铛釜而取之"，三五百人的酒席可立即搞定。唐玄奘西行取经，也带回印度诸国的饮食习尚，如散步、淋浴、刷牙、刮舌、食前洗手，引进了胡椒、蚕豆、茄子、菠菜、酢菜、浑提葱。

四夷宾馆荟萃，殊方异物聚合，长安胡化极盛一时，洛阳也是"家家学胡乐"。白居易在《时世妆》中很看不惯，但在"胡风"影响下，产生了新"华风"、新的生活方式。

周边城市群

偌大的唐长安城依靠什么来支撑、维系？这与周边城市群的陆续兴起是密不可分的。

陪都洛阳城始于周公的洛邑，后朝多所踵行，而唐代陪都最为繁华。武则天的周武政权独立行事，多在洛阳处理政务，想摆脱李唐王朝的国都长安。但主要是经济原因，洛阳地理环境优越。唐长安为解决都城中的军糈民食，除了在都城附近兴修水利、发展农业外，还开凿运河，使通往关东的漕粮运道不受阻隔。于是，咸阳和洛阳、开封分别成为水陆两种向外辐射的交通网的中心。

唐初每年从南路运到长安的粮食也不过 20 万石，后来达到 400 万石。黄河有砥柱之险，而渭河又水浅沙多，船只运行困难，漕粮的不易到唐代灭亡都没有彻底解决。由于人口剧增，经由洛阳水路转运的粮食难以为继。而洛阳的漕粮运输，较长安就方便多了。关中若遇天灾，农产品不足以供给长安帝王宫卫及百官俸食之需时，则帝王往往幸洛阳，俟关中农产丰收，然后复还长安。

西路上，从撒马尔罕到长安，则是一个充满诗意的传奇。粟特人，史籍中称昭武九姓，以撒马尔罕为中心的康国最大。从人种上属于伊朗系统的中亚古族，是控制陆上丝绸之路的一个骁勇的商业民族。粟特聚落也称胡人聚落，人数多于波斯人、印度人、吐火罗人，沿西域北道的据史德、龟兹、高昌、于阗经敦煌、武威、原州入长安、洛阳，或北上幽州。这便构成了一个由长安延伸到西域的丝路城市带，作为驿镇和贸易集散地得以繁荣。

咸阳是丝绸之路从长安出发后的第一站，大批商队要在这里打点长途跋涉的行李和牲畜，西去的官员们也在这里设宴送行。咸阳及沿丝路西行的回中道之醴泉、奉天、安定至凉州，南线之武功、秦州、金城等，因此成为重镇驿站和主要城市。

蜀道之难，难于上青天。由长安穿越秦岭栈道的褒斜道、嘉陵道抵达汉江之滨的鱼米之乡汉中，经大巴山到成都，在汉唐称蜀道或山南驿道、陕川驿道，使黄河、长江流域两大文明得以交汇，使中原与大西南得以沟通。

唐长安对西域用兵，与突厥、吐谷浑、回纥、吐蕃、西夏的战事，都与敦煌有着密切联系。莫高窟的佛教文化艺术圣地，在这一时期达到了顶峰。

蚕不是用小米喂的

公元 2 世纪的希腊地志学家写到丝绸，说是丝从蚕而出，却又误传"养育它四年，用小米喂它，到第五年，知道它已活不了，就给它吃新鲜的芦草"。有意思，甚至有点荒唐。

中国人最早对于来自罗马的信息的反应是直觉的，友好地把罗马类比神州，"其人民皆长大平正，有类中国，故谓之大秦"。这是古长安对罗马的亲切呼应，是东西方都市文明的呼应。

这是同起自长安抵达罗马的丝绸之路相联系的，同路而至的还有印度、中亚、安息、阿拉伯，还有经汉唐长安联系更远的朝鲜、日本及南洋诸国。这是人类历史总格局中独一无二的文化之桥，是欧亚大陆间象征文明和友谊的丝带。

张骞曾派副使到了安息国，尚不知罗马，班超却对丝路极西的庞大帝国寄予希望，派副使前去联络，为建交做准备。《后汉书》说罗马"宫室皆以水精为柱"，是指用玻璃与大理石镶嵌工艺。

唐长安胡人移民众多，尽管具有东方建筑风格的独立体系，也吸纳了中亚、西亚和南亚建筑文化的因素。同时，唐长安的都城规划作为典范，也被周边政权和邻近国家所模拟仿效，如7世纪后日本兴建的藤原、难波、平城京、长冈、平安城，渤海国龙泉府、显德府、龙原府城，以及中亚碎叶城、怛罗斯城。朝鲜高句丽、新罗时期的佛寺建筑结构、装饰艺术、园林景观，是唐朝的典型翻版。"唐样"，扩大到各国地方城市的建造中。

鉴真在扬州大云寺出家、巡游至长安、洛阳，决心到日本传教。五次东渡未成，双目失明，年逾六旬，后随遣唐史到达奈良，建立唐招提寺。吐蕃国都城逻些建筑汉式宫殿，文成公主"自唐召来木工及塑匠甚多"，其大昭寺、小昭寺保存至今。

文化渗透与流播

开放的唐朝，以追求新奇为时尚，关注异类文化，模仿改造和创新西方的优美器物，如角形杯、白瓷狮首杯、胡瓶等。

粟特商人是丝路上的贸易担当者和垄断者，许多舶来品，大到皇家猎豹、当垆的胡姬，小到宫廷贵妇人玩耍的波斯犬、绘制壁画的胡粉香料，都是他们从西方转运来的。

粟特人安禄山尽管臃肿肥胖，却能"乃疾如风"地在小地毯上跳胡腾舞。粟特人能歌善舞，翻领窄袖的衣着影响了唐朝的风尚。安史之乱后，由于安禄山、史思明都是粟特人，粟特族在中原受到排斥而被分散汉化。

文成公文出嫁吐蕃时，随嫁的礼物有小麦、青稞、蔬菜种子及药物、手工艺和耕作生产技术书籍。后又送去蚕种，派工匠传授酿酒和造纸墨技术。藏语中，至今称萝卜为唐萝卜。

今柬埔寨"寻常人家盛饭用中国瓦盘，或用铜盘，往往皆唐人制作也"。中国酒曲的制作方法，也是经由朝鲜传入日本的。鉴真东渡带去的食物有落脂红绿米、胡饼及豆腐制作技术，日本使团有专攻饮食的"味僧"。空海和尚在长安青龙寺学法，把面条引进到了他的家乡赞岐，并带回茶籽种植茶树，日本饮茶之风由此形成。

文化的渗透，物品的流播，使唐长安城与周围的世界融为一体。

长相思，在长安

"长相思，在长安。""美人如花隔云端。"在浩如烟海的唐诗中，这样令人心动的优美诗句不胜枚举。这千年的相思，会越过"青冥之高天""绿水之波澜"大梦长安。这是中国的也是世界的长安，是古代的也是现代的长安。

一座城市的生命，是在人类文明史的长河中兴衰沉浮的。长安的盛名源自历史的荣耀，那一去不复返的唐都城大气象，如今浓缩成了残存的古董和尘封的史册。这块土地上的城市，现在叫西安，在传统与创新中生长。时不时地梦回大唐长安，则是人们心头无法抹去的一个痛，一个永远的情结，一个令人怵心的春梦。

对于以农业文明著称的国度来说，城市文化的力量，在不经意的一镐头下去就可以刨到的秦砖汉瓦和唐三彩上闪耀，于是，当下的每一缕阳光和空气，每一滴水，都有了令人动心的唐长安气息。

据史念海先生考证，古都城历时之久首推西安，为1077年；北京903年，洛阳885年，南京450年，开封366年，安阳351年，成都249年，银川226年，江陵224年，杭州210年。

唐长安城与意大利罗马、希腊雅典、埃及开罗并称世界四大古城，但相对西方古典建筑学而言，唐代乃至中国古代建筑的完整理论体系还有待整合。现代中国城市如何吸收优秀传统，从而具有中国特色，走向世界，是一个美好的期许。

　　"名花倾国两相欢，常得君王带笑看。解释春风无限恨，沉香亭北倚栏杆。"至今，唐长安兴庆宫遗址上的牡丹依然一年一度花开，是旧梦的挽歌，亦是当下春风舒心的歌唱。

大雁塔

　　居住在城南这一隅已有十数年了，位置距大雁塔很近，可谓百步之遥。起初，这里远离繁华闹市，被一片片的菜田围拢着，尚有几分田园风光。如今窗外的大道车水马龙，难得有些许的宁静了。那大雁塔还是大雁塔，只是迁走了塔下的村庄，赶走了树林与田野，渐渐成了一个游人集散的偌大风景地。这便有了不少的塔园。

　　其实，在1000多年前的盛唐时候，这一带皆是街衢坊市，大雁塔自然在城垣之内。现存的城内地界不过是皇城的规模，可见唐长安城是如何宏伟壮观。大雁塔东南邻近的曲江池，原名凯洲，秦汉时已很有名。据说隋文帝因为曲江名称不吉利，改名芙蓉园。到了唐玄宗时又加以扩大，并修凿黄渠引河水流入，成为长安城内著名的风景胜地。这便有了杜甫的《丽人行》，让后人去领略三月春游日长安水边多丽人的情景。此时暂且没有《长恨歌》，有的是"态浓意远淑且真，肌理细腻骨肉匀"，有穿有戴有吃有玩，杨玉环好不快活。而杜甫又唱"一片花飞减却春，风飘万点正愁人"，叹浮名，说酒债，"每日江头尽醉归"的是谁呢？之后，"少陵野老吞声哭"，又行江头，见宫殿深锁，问细柳为谁而绿，明眸皓齿的美人何在，黄昏胡骑使得尘满长安城了。曲江风景中的明媚烟水，环周花木以及连绵起伏的宫殿楼阁，也只能是历史的残梦了。

而围绕大雁塔新造的园林，恐怕仅是想要复修的曲江风景区的一隅。曲江池，仍是万顷沃野，紫云楼空留高台，游人看到的是江头王宝钏的寒窑和秦二世胡亥的墓冢。一为贞妇，一为昏君，凄凄切切的，似乎没有多少人愿意去寻找悲戚。有人把秦王宫搬到了池头村西的高台上，殿堂高筑，铜人体立，场地开阔，宫门雄奇，招揽了一些生意。只是草木稀缺，光秃秃的，且尘土飞扬，疑为沙场而非宫殿了。站在大雁塔内从瞭望孔向外望，可以远远俯视秦风的威烈。若入殿内，看见的无非是泥人泥马，又不甚考究，通俗得似县城里的秦腔戏台子。再说秦王宫本在咸阳，移至大雁塔之侧，乃是空间的借位，也算急功近利，也算现代造景。

大雁塔还是千年前的大雁塔，而曲江池则经历了一场真正的桑田沧海。水流干涸已久，巨塔却依然如同高山耸立。岑参说它"四角碍白日，七层摩苍穹"，章八元说它"却怪鸟飞平地上，自惊人语半天中"。高适"登临骇孤高"，杜甫"登兹翻百忧"，许玫在这里"暂放尘心游物外"，徐夤则题诗寻问"谁知远客思归梦"。曾有多少新考中的进士在塔下题名留念，而留下来的诗句能有几多？大雁塔的设计者玄奘，远游西域17载，又译经19年。那千卷佛经化为砖石构造了如此浮图么？一只大雁退飞离群，投身死于和尚脚下，是因为和尚多日不闻肉香而惦念菩萨。雁是知情物，和尚岂能无情？遂潜然泪下，随之葬雁建塔，取以此名，竟一越千年。在周遭沦为一片荒野时，它仍屹立着，沐风栉雨，俯视滚滚红尘。

辉煌的周秦汉唐，在长安这块古老的土地之上留下了什么？阿房宫让项羽一把火烧了。未央宫、兴庆宫早已成为瓦砾。从地下挖出来的青铜器、陶俑、汉罐、唐三彩，顶多是些陪葬品。地表面遗存着数不清的坟冢，万古青蒙蒙，何尝不是万事水东流呢？汉冢，唐塔，冢是一个坟堆，塔却是一个建筑物。塔由低到高，由大到小，占据一个赫然峥嵘的空间。塔内如龙蛇窟穴般盘旋而上的梯道，叠印着千载的足迹。冢则密闭深藏着尸骨，掘开来也未必是吉祥事。冢是一个人的，而塔却不是玄奘的，也不是唐高宗李治之母文德皇后的慈恩寺的。它连同荐福寺的小雁塔一起，证明着那个时代的大唐雄风，撞击着后人的胸襟。

塔园，按说只能是这座慈恩寺。母之慈恩，子之孝廉，母为皇后，子乃天子，确实是风光得很。而今日的游人，大多只图登高一望，说说唐僧甚至孙悟空猪八戒白骨精观音菩萨，看看寺园中的竹林牡丹龙爪槐，听听风铃与梵音的清悠，有谁还知晓什么"慈恩"的出处呢？以大雁塔为背景留影者甚众，站着或可比喻为站成一座塔，已成为颇规矩了的乐趣。买一帧"难得糊涂"的拓片，而郑板桥又与此地有何相干呢？千篇一律看样学样的旅游工艺品，似乎只屑走一家就是了。倒不如随便逛逛仿唐风味小吃街，酸甜苦辣咸，稀稠热凉酥，那才叫各有千秋的花花世界呢！

围绕大雁塔，西侧造起了盆景园和清流园，东侧有春晓园与蔷薇园。看惯了塔，看惯了慈恩寺，这些临塔而筑的新园子便有了几分新鲜。盆景七彩葱郁，浓缩荟萃大千世界奇景于一角，如入仙境，览景会心，可以一游。这些枯干灵根的树桩，堪为植物中的古董，却也青枝绿叶，透出年轻生命的蓬勃。这个自然植物的天地，在历史巨碑似的塔下，呈现着自身枯荣兴衰的秘密。邻近的清流园，溪水潺潺，清波潋潋，则是水的各种生命形态的表现。或泉或溪或瀑或潭或湖或江或泊，模拟真切，各呈异态。百步之间，览尽万里奇景。子在川上曰：逝者如斯夫。历史如时间，时间就是流水么？唐朝逝了，唐塔却抬眼可见。塔东的草坪很温馨，快餐亭有咖啡热狗冰淇淋，音乐厅且奏阳关三叠折柳伤别。踏入春晓园，孟浩然在园子入口处吟诗，王维在鸟鸣涧、白石滩和竹里馆作逍遥游。诗境诗碑，杜牧在望秋，祖咏观余雪，白居易为原上草而歌，崔护为人面桃花而咏。以塔为伴，这园子成了诗园，游人在同唐人推敲诗句了。而蔷薇园，草木葱茏，景致则不作大的考究。这几处塔旁的园子，不再使慈恩寺寂寞单调。

　　游人在再造的园子里，觉得自然山水的小巧，人似乎大得失去比例。人站在塔下，塔则巨大无比。新园毕竟年轻，比起苏州园林的沧浪亭、狮子林、拙政园以及留园、怡园，自然要逊色得多。大雁塔还是大唐的大雁塔，在古长安千年后的当今仍然傲然耸立，如同轴心，联系起周围的诸多风景。只是在距此处不远的西边，电视塔以现代的造型和高度惹人注目，尽管也开放却生意萧条。游人的心事，是不易猜透的。

官清马骨高

《同官县志》民国版本，由于我的曾祖父辈和文瑄参与编撰，于我则多了一层宗法文化意义上的牵挂。古雅的线装书，多年来伴我左右，有一种居有志书气自华的惬意，常翻开来任意读上一段，情趣盎然。在《同官县志·人物志·学艺篇》中，记载有"唐，流寓，杜甫，字子美，少陵人，遍游秦蜀，尝驰车廊坊间，楼止县境数日，有'县古槐根出，官清马骨高'之句，留置署壁间"。

这段简短的文字，在我心头萦绕多年，咀嚼不尽其中滋味。位居国际大都市巅峰状态的大唐帝都长安，在公元756年即唐天宝十五载，面临着致命的打击。这年春天，安禄山由洛阳攻潼关。五月，杜甫从奉先即今天的蒲城县移家至白水县，投靠担任县尉的舅父崔顼。六月，长安陷落，玄宗逃蜀，叛军入白水，杜甫携家逃往鄜州即今天的富县羌村。前往鄜州途中，杜甫在同官县城驿站寄宿几日，留下"县古槐根出，官清马骨高"的诗句墨宝，被置于县署墙壁上。七月，肃宗在灵武即位，杜甫获悉即从鄜州只身奔向灵武，不料途中被安史叛军所俘，押回长安。在困居长安时，杜甫写下了题为

《月夜》的诗篇："今夜鄜州月，闺中只独看。遥怜小儿女，未解忆长安。香雾云鬟湿，清辉玉臂寒。何时倚虚幌，双照泪痕干。"设想妻子在鄜州独自对月怀人的情景，挂念离乱中的妻子家小。半年后，杜甫写了《述怀》一诗："去年潼关破，妻子隔绝久。……寄书问三川，不知家在否。……几人全性命，尽室岂相偶。"

杜甫当年途经同官，推测时年 44 岁，面对设县三四百年的同官，古老的槐树已经盘根错节，树根露出了地面。根出可见槐树的苍老，也可见县城的古老。同官，即今天的陕西铜川。公元 357 年，前秦苻坚永兴元年设铜官护军，到公元 446 年北魏太平真君七年设立铜官县，因县境内有铜官川而得名，北周改为同官县。因军事上"同官"与"潼关"混淆，1946 年民国政府改同官为铜川县。后因煤而兴，1958 年改为铜川市。在诗人杜甫眼中，唐朝同官县衙的马很瘦，骨头高耸，可见县官是清廉的。马挨饿吃不饱，骨头高耸，主人的境遇也就可想而知了。有怜之者曰："物犹如此，人何以堪？人甘如此，物何以堪？"

欧阳修《六一诗话》引用了"县古槐根出，官清马骨高"的诗句，却未注明作者何许人也，引起学者对其出处的疑问。引文曰："诗家虽率意，而造语亦难。贾岛云'竹笼拾山果，瓦瓶担石泉'，是山邑荒僻，官况萧条，不如'县古槐根出，官清马骨高'为工也。"在杜甫诗卷诗集中，却未见收录此诗，让人疑惑。《六一诗话》是我国最早的诗话，开后代诗歌理论著作新体裁。其言说方式是随事生说，其诗学主张是艺术的真实应当与生活的真实相一致，其中考证了李白《戏赠杜甫》中"借问别来太瘦生，总为从前作诗苦"。主张言语的精工雕琢，反对不加修饰而过于浅俗的句子，如"有禄肥妻子，无恩及吏民"。并主张意新语工，如杜诗的一字不能移易。

蹊跷的是，"县古槐根出，官清马骨高"诗句在被编入《全唐文》时署名成了皮日休，收入其《题同官县壁》一文。也就是被鲁迅在《小品文的危机》中誉为唐末"一塌糊涂的泥塘里的光彩和锋芒"的皮日休。《同官县志》记载："皮日休，字绍义，襄阳人，尝鉴胜关记，宋正和（应为"唐中和"，笔者注）三年为刻碣于县署壁间，今嵌二堂东边墙内。稚川石洞，杜皮诗句，至今犹传诵矣。"晚唐诗人、散文家皮日休，生于公元834—839年间，卒于公元902年以后，曾中过进士，当过太常博士官，后来参加黄巢起义，任翰林学士。因此，新旧《唐书》不为他立传。诗文多抨击时弊，同情人民疾苦。中和三年即公元883年到过同官县，有诗文题壁，比杜甫晚了 127 年。全唐文馆认为此诗是皮日休所作，其实应该是皮日休所引杜甫之作。全唐文馆不察，当代学者也一直把它当作皮文引用。县志中的"稚川石洞，杜皮诗句"，稚川指著述《抱朴子》的晋代隐士葛洪，字稚川，葛真人洞在县南 20 里飞仙山上，名飞仙洞，即药王后洞，传为晋葛稚川洪仙迹。

《四库全书》有一首宋代韩驹的诗："县古槐根露，官清马骨高。里门喧诵读，村落罢追胥。""出"与"露"一字之差，或韩驹引用杜甫，或后人将韩驹移花接木给杜甫，不得而知。有人甚至认为此诗作者是宋朝陈休，明清人将此文落款由原来的"政和三年休书"改为"中和三年日休书"，就把它变成皮日休的作品了。这两句诗究竟出自何人之手，众说纷纭，因为它是千古绝唱的好诗，破诗是没人抢署名权的。

有《同官县志》记载为证，此著作权应属杜甫无疑。有人说有严粲《诗缉》的旁证，此二句当是杜甫的佚诗，我没能查阅到。也有"官清衙门瘦"的谚语俗语入书，与杜甫的诗意相近。天下事物有古有新，有清有浊，有贫有富，有正有邪。古代官员有千载流芳的清官如包青天、海青天，贪官也有不少。清官不为私利，为百姓服务，不仅自己吃不肥，就连家人或者仆从也不会肥。所谓"爱民为国太清廉，马骨高耸入云天"。马瘦，人更瘦。马致远有"古道西风瘦马"的名句，让我联想到，人是自己要瘦的，要做清官，甘愿自己贫苦，不损百姓而肥一己之私。一匹马跟上清官挨饿，也有点委屈它了。

联想到现在的公车，有的官员的做派最好是宝马坐起来爽，假若一匹瘦骨嶙峋的老马，大概是要受到冷落的。

王维的辋川

　　只是未能登高一望，只缘身在车辋中，便看不出川流如辋的山水景致。这是王维的辋川，和谷只是一个匆匆过客。不见王维，王维却无处不在。倒是奇怪于一个半官半隐的闲士，终未能远离红尘之外，留给后人的辋川，多少带有点未曾挣脱人生之网的味道。

　　但谁能否认，有一条风光秀丽的川道，就藏在秦岭北麓的褶皱间呢？叫作欹湖的一汪水，接纳着由尧关口流来的川河，两岸山间的几条小溪流也同时注入湖内。湖是流水的驿站，又是流水的集聚点，环凑沦连，交融汇合，构成一个车辋形状。而后又曲曲弯弯，如同闲者散步的足迹，又像醉汉浪荡的影子，蜿蜒流入象征别愁离恨和肃杀苍凉的灞水。

　　那么，辋川又象征什么呢？是"人闲桂花落，夜静春山空"，还是"荆溪白石出，天寒红叶稀"？王维的"辋川二十咏"可以去古籍中查阅，他的"辋川图"空留有摹绘石刻，其葬身之地也只能靠当地文化人指点方位。笃信佛教的王维与辋川合为一个概念，这里的趣味是诗是画是隐是佛？

　　从尧关口到飞云山下的鹿苑寺，30里清静的山水，30里淡雅的风光。疑是王维窃得一处江南的景色，置于这巍巍秦岭浩浩原野之间。这里距唐代的长安城数十里之遥，近山的骊山华清池为皇上妃子们所世袭拥有，辋川因稍偏僻而成为雅士闲居之处。先前曾是宋之问的"蓝田别墅"，后被王维买得，重新构筑，点缀造景，便有了辋口庄、孟城坳、竹里馆等多处游观食宿之地。诗琴加悠闲，赋予辋川以永不褪色的恬淡和逸趣。

　　宋之问如何得来这方风水，史书没见细说。史书只说宋之问在武后、中宗两朝颇得宠幸，睿宗执政后他却成了谪罪之人，发配岭南。红得发紫，就该到黑得如墨的时间了。所谓蓝田别墅，想必是宋氏飞黄腾达之后的产物，怎么又卖给王维，一则有了更好的游玩消闲之所，二则怕是厄运当头料理家当准备南行了，三则是后裔处理掉的。曾官至考功员外郎，谄事权势，到头来被贬钦州，末了落个赐死的悲惨下场。诗名颇高，多歌功颂德之作，文辞华靡，只到了放逐途中才显出感伤情绪。雁南飞至大庾岭而北回，诗人至此非但不能停滞，还要继续南行到那荒远之乡。雁归有期，诗人何日复归？"鬓发俄成素，丹心已作灰。何当首归路，行剪故园菜。"官场荣辱无常，思乡之情更切，宋氏是看破红尘想着归隐田园梦回他的蓝田别墅么？

蓝田别墅却不再姓宋，易主为王维，成了王维的辋川。宋之问于辋川也是个匆匆过客么？他留在唐诗选本中至今仍被人吟咏的已不见歌舞升平之作，唯有放逐的切肤之吟与后世交谈。原来，好行谄事的宋之问还是不乏人情与诗心的。当初如果少问朝政，看重蓝田别墅，现在我们脚下的辋川也便不是王维的辋川而是宋之问的辋川了。好在王维毕竟与宋之问有过或多或少的关系，才使现在的过客在这冬雪过后的一个丽日，于辋川叙说起他的人品诗品，他的兴衰荣辱和他的结局。

这样，辋川便又不那么恬淡闲适，那么充满悠情逸趣。在人的生存方式中，果真是唯有隐逸才是高招么？比起壮烈之士，隐者应为弱者，但耐得寂寞与孤独也同样是强者之举。沙场不比辋川，辋川不是沙场。沙场不比官场，战术难及权术。王维的妙处在于半官半隐，难得一个半字，而永远拥有了辋川。把道家的现世主义和儒家的积极观点调和起来，成为中庸的哲学，这是中国人所发现的最健全的生活理想么？是王维在拥有财富、名誉、权力之后感到某些失意才寄情山水的么？王维恐怕没有完全逃避人类社会和人生，算不得第一流的隐士，但他的"辋川二十咏"，又绝对是主人的感悟，并非环境的奴隶所作。

辋川是王维的辋川，我辈只不过是辋川的匆匆过客。在王维谋过事的唐长安城那块地土上，晚生一千年的我如今居住在那里。为何不去海南闯世事，为何不守在城里寻点赚钱的营生，不去卡拉OK，不去洋楼里吃西餐，却跑到这偏僻的辋川寻找王维闲聊？是有闲么，是穷开心么，说不清道不白。似乎觉得这辈子不来一趟辋川就缺乏什么似的，每每听说辋川就受不了一种诱惑。来会见一位诗书中的人，是替古人担忧，还是为自己心绪的自在？按说，当一个人的名字半隐半显，经济在相当限度内尚称充足时，应该活得颇逍遥。但完全无忧无虑的人是否存在，仍需质疑。过客来辋川采集清雅，所感所思，却又添几分惆怅，几分幽怨。

有人评述道，王维的诗画艺术成就很大，但他逃避现实，大多作品描绘的是上层阶级的闲情逸趣，而缺乏深刻的社会内容。过客只是觉得王维的辋川不失为一种人生的大境界。王维在《陇西行》中吟咏过"关山正飞雪，烽火断无烟"，在《渭川田家》描述过"田夫荷锄至，相见语依依"，这与《山居秋暝》中所勾写的"明月松间照，清泉石上流"，何曰高下？诗人的人生际遇使他能有怎样一种无可指责的生存方式呢？这辋川的旧主人宋之问是王维的山西老乡，一为上元进士，一为开元进士，王维是步宋氏后尘来长安谋事的。宋氏之遭际，王维该是清醒的。但王维也并非好命，安禄山叛军陷长安时曾受职，乱平后由给事中降为太子中允。后来虽官至尚书右丞，但那段受惊落魄的日子王维能淡忘么？晚年来辋川享受优游，仍亦官亦隐，想来也是很尴尬的。

王维拥有辋川，不等于王维的生命是逍遥自在的。王维仍不好过。在唐代有名的私人大庄园中，司空图的王官谷庄、裴度的午桥庄、李德裕的平泉庄，都不及王维的辋川庄在后世有名气。名气不等于一切，名气抑或害人，这其中不都是嫉妒。王维的辋川再好，它不过还是置于现实世界和虚幻天堂之间。说是胜似天堂，终还不是天堂。天堂那么好，世人仍愿意滞留在人间久一些。过客所置身的辋川，只是一个地名，不知从何时开始已成为乡民世居之地。尚且落后的自然经济形态，取代了唐朝已经逝去了的富贵与闲适。从旅游意义上，并未有向外界开放的设施。

就这样，辋川荒芜着，王维荒芜着，这不仅是名胜古迹意义的荒芜。仍生长得很美很秀丽的是辋川的山水诗，长在辋河里，长在冬树的枝杈上，长在阳光与云朵之间，长在过客脚下每一寸泥土中。要想找见王维别墅的遗址，只能依据前人的考证，从"辋川图"上抄来标识，沿途去按图索骥。蓝田县南去约10里，就是刚才路过的薛家村，处于辋川口外，王维的辋川庄据说就在附近，今日却改姓薛了。屋舍，田陌，山林，炊烟，何处去觅王维的旧梦？两岸的悬崖绝壁形成辋口，山回路转，过七里峡谷有一个叫阎村的地方，村东大山伏卧，即王维的华子冈。村西可望诗中的斤竹岭，东南方的虎形崖为鹿柴，王维在那里养过鹿。现在的这块地方没有鹿了，返景入深林，复照青苔上，没有鹿就没有养鹿人王维了。

过客东望华子冈，在这冬日的正午伫立成了裴迪。裴迪是王维最好的朋友，过客没有资格做王维的好朋友。王维曾与裴迪浮舟往来，弹琴赋诗，啸咏终日，互为唱和。裴迪唱一句"山翠拂人衣"，王维和一句"连山复秋色"，也许就在过客站立的地方，不过时节会较早些。现在辋水瘦了，不可以载舟，过客是乘四个轮子的轿子来的。若唱和一首绝句，也弄不明白平平仄仄的格律。新诗不讲平仄，甚至没有韵脚，倒是有一点相近，也就是没有标点符号。王维当初趁春日与裴迪过新昌里访吕逸人不遇，写诗极赞吕姓隐士闭户著书的境界。新昌里在长安城内，也许现在的街巷位置是可以认识的。在城内做隐士，据说是可以称为一流的，是因为身居尘嚣而不染，比客观上远离闹市尤难。

溯流而上见一村庄，借问村名，牧童回答说是何村。究竟是何村呢？村北与小河沟口之间有片半圆形的台地，如同半边月亮，王维给它起的名字很好听，叫茱萸片。是遍采茱萸少一人的悠悠思乡情凝成这半边土月亮么？君自故乡来，应知故乡事。过客的故乡人不谙寒梅，只知岸畔上的迎春花该是含苞欲放了。故乡也没有红豆，南国生红豆，那血珠一样圆润鲜艳的荚果最相思，过客曾采撷不少，苦于送谁，只好为自己留作存念而渐渐散失了。渭城的朝雨还不到时令，春雪扬扬洒洒了一场足有半尺厚，可不，这茱萸片的对面山间还雪迹莹莹，柳色还未睁开青青的芽眼。过客西来，王维也许还是劝酒不舍，道不尽的故人情。

村西南一条乡野小径，说是王维的宫槐陌，蹄印辙迹却是刚刚烙下的。陌上走过了千年的日月。阡陌的尽头，便是关上，一块巨石雄峙村头，后世人在石上筑一小庙，即王维的临湖亭所在。关上村，就是王维山水诗中的孟城坳，传说王维的胞弟王缙曾住在这里。《辋川集》中的头一首诗就是《孟城坳》，王维作为新家搬至孟城坳，却可叹这里只有疏落的古木和枯萎的柳树。过客思量，许是诗人的心疏落了，衰败凋零的是一片心境。自然界的草木由盛至衰，原本也是悲哀的事情；但衰也可以转盛，不是么？"来者复为谁，空悲昔人有。"诗人在为自己的悲哀排解。也就是说，王维在这里安家是暂时的，以后来往的还不知是谁，前人拥有过盛景，诗人何以为昔人而悲呢？一千多年后的过客来了，又何必去为王维的辋川而伤感？

是王维在为宋之问而发感叹，荒芜的孟城坳游动着宋氏客死异乡的灵魂。宋氏的由盛而衰、由得宠到失意，是古来许多文人的命运。李林甫擅权，张九龄罢相，这使王维带着深刻的失望和忧虑退隐辋川。"后之视今，亦犹今之视昔，悲夫！"空悲，乃之大悲。潜隐于心底的痛苦，最为深沉。无法消释的沉郁和幽愤，永远地种植在了孟城坳。过客眼前的孟城坳，雪痕处处，然而阳光灿烂，麦芽已透出新绿，预示着一年的最后一个季节即将过去，又一年的第一个季节已从地气中泛了上来。

南垞北垞间的欹湖，在今日的关上村和支家湾之间。没见大片的湖面，哪里去寻泛舟湖上的王维？盛产大米的支家湾，竹子并未绝种，王维竹里馆的竹子一直长到了今天。这片诗中的盛景，已被今人迁至西安。南大雁塔东侧的春晓园，木屋被簇拥在竹篁中，幽径从中穿过，只是难以碰到天上有月亮。幽深的一片密竹林子，独坐一翁，弹琴复长啸，是安闲自得么？是尘虑皆空么？人不知，月相照，想必是一种无可奈何的情形。生活在诗里固然是美境，而生活本身并不都是诗画。王维终究是作古了，就埋在前面的白家坪的台地间。王维是孝子，死后躺在母亲坟墓边上，完成了生与死的离合过程。过客没找见坟西水边的那方古石，听说它表面光滑，四角有孔，是一切都逝去之后唯一不灭的遗物。

飞云山上的鹿苑寺早逝去了。笃信佛教的王维把这里的重峦叠嶂和满山松柏留给了今人，这恐怕是好风水的缘故。河床改了道，钓鱼台空悬着，干涸的旧河床无水更无鱼。王维的钓鱼台不是姜太公的钓鱼台，所以不被历史所熟识。寺前的一株古老的文杏，是标识，是见证。文杏粗约五抱，树干的虬劲胜于冠的茂密，越冬的树叶有几片仍扎挣着滞留在枝梢上，舞成了几只苍苍的蝶。传说文杏是王维手植，成了辋川不多见的代表性遗物。文杏活着，也许还可以耐过若干岁月。过客仰望着，眺望着，遥望着，也是一种相望，文杏被望成了王维，望成了唐诗，望成了古今之际的一缕和音。

鹿苑寺东有椒园，西有漆园，北有栗园，如今无椒无漆无栗。王维死了，今人或种庄稼或盖房子或让它荒芜着。如果刻意复制历史，本质上是徒劳的，何必去怨天尤人？不去找王维的栾家濑了，时下不逢秋雨，也就没有适时的浅浅溜泻，白鹭也只能飞翔在遐思之中。也不必去寻王维的白石滩了，绿蒲不大鲜嫩，明月下也不会遇到浣纱的女子。也别再去觅王维的辛夷坞，芙蓉花的红萼不开在一片残雪里，涧户也许进山扛木头了，犬吠仍是千年前的声调。既然王维自喻为微官而非傲吏，漆园已非王维的漆园，那诸如鸟鸣涧的风景、柴扉旁的送别图、田园的乐曲，皆物是人非，又在哪里去辨认王维的辋川二十景呢？

从某种意义上说，辋川是王维的，也不是王维的。辋川是王维的异乡。他曾离开生养他的蒲州乡土，西来长安谋取功名。繁华的帝都给年轻士子以诱惑，而茫茫人海中的游子是孤子无亲的。即使功成名就，后来隐居于这辋川山水间，终未摆脱游子的心境。遁入佛界的王维，也许以为尘世上的历程也是游子的意味。他曾作《陇西行》，曾谱《塞上曲》，咏叹长安少年，叙述老将节操，也吟青溪水，也唱桃源行，走渭川，过夷门，登终南，归嵩山，拜谒香积寺，泛舟汉江上，之后又如何闲居这辋川别墅，独坐悲双鬓，哀叹时光的不可挽留。一个人，就是这样在岁月的无情流逝中走向老病去世。灯烛雨声，落果秋虫，万物有生必有灭，人及万物生命短促，而大自然是永存的，辋川是永存的。

天色垂暮，过客匆匆归来，又陷入茫茫的长安都市的万千灯火之中。辋川的游历，似乎是一场梦，但不甘它是梦，想让梦凝在唐诗的铅字里，流泻在方格内。且又弄不明白了王维的辋川是王维的还是和谷的。

铜官窑题诗

偶尔从网上读到一首诗，很美，朴素而隽永。诗曰：君生我未生，我生君已老。君恨我生迟，我恨君生早。

查阅了一番，此诗为唐代铜官窑瓷器题诗，可能是陶工自己创作或当时流行的里巷歌谣。

唐铜官窑，莫非在我的老家铜川？其旧称铜官，且有瓷窑历史，也有诗画题于瓷器之遗物。这么好的诗句，自己只是恍惚读过，怎么没有细究呢？

事实上，此铜官窑非彼铜官窑，重名重姓的事情见怪不怪。

说是 1974 年至 1978 年间，此题诗瓷器出土于湖南长沙铜官窑窑址。陈尚君辑校《全唐诗补编》下册，《全唐诗续拾》也有版本为：君生我未生，我生君已老。恨不生同时，日日与君好。

也有另外版本：我生君未生，君生我已老。我离君天涯，君隔我海角。我生君未生，君生我已老。化蝶去寻花，夜夜栖芳草。

还有一首相近的诗：君生我未生，我生君已老。君恨我生迟，我恨君生早。自从君去后，常守旧时心。洛阳来路远，不用几黄金。

无论哪个版本，不管是怎么演绎的，都是难得的好诗。

自古文人雅士题诗于壁，备受人推崇，唐长安雁塔题诗，更是春风得意马蹄疾，一日看尽长安花，何等潇洒。

也许是陶工们想到了文人雅士的风流倜傥，何不移诗和书画于陶瓷品，过一把风雅瘾，流传后世。洋人喜爱中国陶瓷，以诗书画陪衬，更有审美价值。此举得到了意想不到的效果，铜官窑出产的瓷器比以前更畅销，远抵朝鲜、日本、菲律宾及中亚、西亚等地，拓宽了国际市场。到现在，这些国家还出土不少铜官窑的陶瓷器，其生命力依然光彩照人。

驰名中外的唐代长沙铜官窑，不仅把诗题写于瓷器上，别开生面，而且首创釉下彩瓷新工艺，装饰感更突出，且具有宝贵的文化价值。

唐代长沙铜官窑是未见于史籍记载的民间瓷窑。在已发现的几百件器物上题写的诗句有数十首，基本是流行在市井里巷的歌谣，唐代潭州的民俗风情也凸现在这些瓷诗里。

这些瓷器上的诗，产生在中唐安史之乱后。瓷器上所题都市商贾、歌楼妓馆、游子旅人的诗，根植于都市社会的土壤，成为中唐新兴市民文学的一个品种。多数不能登大雅之堂，不论国制朝章，也不热衷于佛理宣传，以写实为宗，朴实无华，毫不造作。

铜官窑不远的书堂山，相传是唐代大书法家欧阳询父子读书处，有洗笔池等遗迹。欧阳父子苦读经典，书艺超群，势必也影响了铜官窑的能工巧匠。

《水经注》载："铜官山，亦名云母山，土性宜陶，有陶家千余户，沿河而居。"指的是铜官镇至石渚河一带的制陶产业。

望城县的铜官是一个古镇，马王堆汉墓中出土的陶器证明，早在2100多年前的西汉，这一带就有陶器生产。铜官窑又名长沙窑，为唐朝至五代时期的有名古窑之一，中国陶瓷釉下彩的发源地。

关于"铜官"之名的由来，据传三国时期，铜官为吴国和蜀国的分界处，吴将程普与蜀将关羽约定互不侵犯，共铸铜棺，故名"铜棺"。由于铜棺不雅，后人改称"铜官"。

1923年1月，毛泽东在郭亮的陪同下来铜官考察工人运动，成立了铜官陶业工会。

素以收诗最全著称的《全唐诗》中，却未见这些瓷器上的诗词，尤显其珍贵。文博前辈萧湘先生曾著《唐诗的弃儿》，专门研究长沙窑瓷器上的诗词，成为中国瓷诗的首席知音。

重名的还有安徽的铜官山区，位于铜陵市西南部。而陕西铜川旧称铜官，与长沙铜官窑类似，同样以陶瓷闻名。

耀州瓷名传天下，黄堡、陈炉古镇以瓷都著称。我也多次浏览老家瓷器上的诗书画图案，许是忽略了其观赏价值，未作仔细揣摩，抑或如湖南铜官窑的瓷诗有待明眼人去发现。也许有如"君生我未生"的妙诗，遭遇"唐诗的弃儿"之命运，还得及时去挖掘、去保护、去抢救。

如今在老家土原上，下行 10 里可抵黄堡古镇，上行 20 里可达陈炉古镇。如果有一天，面对一件搜寻到的老瓷器上绝妙的诗句，自然会首先想到南方唐朝无名氏的传世之作："君生我未生，我生君已老。君恨我生迟，我恨君生早。"

吴道子与李商隐

　　中国古代历法中的天干和地支，循环组合，周而复始，称为六十甲子。龙在十二生肖中位居第五，是唯一虚构的动物，牛头或马头，羊须或虎须，鹰爪或凤爪或狗爪，鹿角蛇身鱼尾，可谓九不像。春分而登天，秋分而潜渊，呼风唤雨，隐显自如，成了人们崇尚的灵异动物与万兽之首。龙与水有关，与帝王有关，与龙的传人有关，渐渐成了一种图腾，一种精神象征。这使我想起了西安的卧龙寺与青龙寺，想到了与之有关的一位画家和一位诗人。

　　卧龙寺，位于文昌门里的柏树林，我在附近居住了十多年，这里是我经常散步的地方。如果不遇法事，这里便有点寂静与落寞，从来不那么喧嚣，香客或游人也都安之若素。据寺内碑刻载，古寺始建于汉灵帝时代，隋朝时称福应禅院。到了唐朝时，因寺内保存着吴道子在这里画的观音像，又称观音寺。宋初有高僧惠果入寺住持，终日高卧，时人呼为卧龙和尚，宋太宗时更名为卧龙寺。众多碑石中，唐代吴道子的画观音像复制碑，时常让我寻思这位画家的人生轨迹。

吴道子，少年孤贫，从民间画工做起，好不容易当上了县尉，不久却辞职，浪迹四方，以从事壁画为生。开元年间，唐玄宗闻其画名，召入宫廷，随张旭、贺知章研习书法，从观赏公孙大娘舞剑中体悟用笔之道。后又教玄宗的哥哥宁王学画，遂晋升为宁王友，从五品，成了御用画家。虽然不再流浪，锦衣玉食，得到了施展才华的平台，却也失去了平民画家的艺术自由。画作擅于佛道、人物、山水、草木、楼阁。活了79岁，成为唐代第一大画家，被后世尊称为画圣，民间画工之祖师。苏东坡说过："诗至于杜子美（杜甫），文至于韩退之（韩愈），书至于颜鲁公（颜真卿），画至于吴道子，而古今之变，天下能事毕矣！"称赞吴道子的画乃"出新意于法度之中，寄妙理于豪放之外"。

自然山水在吴道子的笔墨中成为独立的画种，结束了山水作为人物背景的附庸地位。他的人物画，于焦墨线条中略施淡彩，被誉为吴带当风。据说他在大同殿上曾画了五条龙，"麟甲飞动，每欲大雨，即生烟雾"，真是生龙活现。他曾于长安寺观中绘制壁画多幅，而且"人相诡状，无一同者"，慈恩寺塔西面降魔盘龙，景公寺地狱帝释龙神，皆妙绝当时。《历代名画记》有吴道子的绘画感言："众皆密于盼际，我则离披其点画；众皆谨于象似，我则脱落其凡俗。"

青龙寺，位于城南的乐游原上。始建于隋文帝时代，前身为灵感寺，极盛于唐代中期，日本僧侣空海曾拜密宗大师惠果受学于此，所以成为日本佛教真言宗的祖庭。武德年间废寺，到了龙朔年间，公主患病，诵《观音经》祈佛保佑得愈，复立为观音寺，后改名青龙寺。

我在居住西安的数十年间，曾多次到此地踏青。有一回，我与几个年轻伙伴造访青龙寺，寺院萧瑟，游人罕至，寺院外的一大片麦田正在返青，一头健硕的关中牛在低头啃青，崖畔上零星的杏花很亮。不知怎么，我们想起了童年时光，我和一位当过兵的兄长动了拳脚，像诗人普希金一样演绎决斗，麦田上留下了搏斗的痕迹。好像从那儿过后，我已经跨入人生的中年之龙年了，不再与人比过气力。不是一条龙，便是一条虫，其实龙也是一条大虫、神虫而已，小虫如蛇如蜥蜴也是一条小小的龙罢了。龙是虚构的符号，虫子才是真实的存在。做一条快乐的虫子，也许比做一条幻想中的龙要幸福得多。20世纪八九十年代之后，我去青龙寺的缘由，多是因为这里有樱花可赏。植于寺院的千株樱花树是从日本引进的，每年春暖花开，樱花吐蕊，是一片银色浮动的仙境。所谓的佛教密宗或是真言宗，莫不是化作了樱花的容颜和芬芳，沁人心脾。寺院外的旷野上，风筝如春鸟，牵引着童心在飞翔。

由青龙寺而乐游原，自然会想念唐代的一位诗人，他是李商隐，一首《乐游原》流传百代，妇孺皆知。乐游原在秦代属宜春苑，汉宣帝第一个皇后许氏产后死去葬于此。史书记载，这块土地自生玫瑰树，树下多苜蓿，风在其间，日照其花，故名苜蓿为怀风或称连枝草。直至晚唐，此处仍然是京城人游玩的好去处。因地理位置高，便于一览长安城，文人墨客也喜欢来此咏诗抒怀。诗人李商隐也来了，他是到了傍晚时，心中有些不惬意，就坐上马车来原上游玩。这时，恰好望见一轮灿烂的落日，真是好看，可惜已近黄昏，逝者如斯。诗人赞美黄昏前的原野风景，揭露了唐帝国繁荣背后潜在的社会危机，发出了"夕阳无限好，只是近黄昏"的长叹。时光易逝如白驹过隙，青春不再，晚年迟暮，美好的人生多么令人眷恋，无奈却也感慨于生命的伟大与不可超越。因为他的心境纠结，便有了这首著名诗篇《乐游原》。夕阳，是感叹残光末路、日暮途穷，还是热爱生命、心光不灭？是悲怆，还是乐观？从这首诗诞生起至今，人们争论不休，依然莫衷一是。然而，日落日出，每一个太阳都是新的。

李商隐与唐朝的皇族同宗，但这并没有给他带来任何实际利益，毕竟血缘关系已很遥远了。祖辈多为县令，但家道衰微，他在少年时期曾"佣书贩舂"，即为别人抄书挣钱，贴补家用。因缺乏门第背景，科场不公，五考方得一第，官场污浊，十年不离青袍。他得中进士后，娶了王茂之的女儿为妻，因岳父站错队陷入党争，官场失意，被迫辞职还乡，渴然有农夫望岁之志，又游历于幕府，晚年病逝于故乡。"天意怜幽草，人间重晚晴。""相见时难别亦难，东风无力百花残。""春蚕到死丝方尽，蜡炬成灰泪始干"……晚唐的诗歌大有颓势，是李商隐又将唐诗推向了新的高峰。他与杜牧并称小李杜，与李贺、李白合称三李，光照至今。

卧龙寺，青龙寺，让我想到了画家吴道子、诗人李商隐，不知他们是否肖龙。属龙人的龙年，龙的传人的龙年，祝福好运。

唐朝有个柳公权

距今 1235 年前的唐朝，书法家颜真卿已经 70 岁了，之后将要接替中国书法旗手的一个男婴，呱呱坠地于今天的陕西铜川耀州柳家原的土炕上。丹州刺史柳子温已有一个 11 岁大的儿子，起名公绰，这小儿子就叫公权吧。这一年，文学家韩愈 11 岁，白居易、刘禹锡 7 岁，柳宗元 6 岁，可谓英才辈出的年代。

柳公权 5 岁时捉笔写字，这时他所崇尚的前辈颜真卿被叛贼杀害。他自幼嗜书好学，相当于现在的小学毕业时，已能填词作赋。小时候，他的大字写得七扭八歪，受到父亲和先生训斥，自尊心受伤后日夜苦练。一天，柳公权参加村旁老桑树下的笔会，一个卖豆腐脑儿的老头在一旁观摩，看了柳写的"飞""凤""家"三字说："这娃的字像我的豆腐脑儿，软塌塌的没筋骨，还不如人家用脚写得好。"翌日，他在城里见识了没有双臂用脚写字的残疾人"字画汤"，跪拜为师。

他喜好观察飞雁游鱼、跑鹿奔马，常观屠夫剥牛剔羊，从自然界中领悟书道。博览群书，从字画汤的奔放到宫院体的秀媚，从欧体的润朗到颜体的清劲，终日研墨练字，才华初露。24 岁时尚未入仕，即应邀书写《河东节度李说碑》。

31 岁的柳公权进士及第当了状元，入仕为官，授秘书省侍书郎。从此，开始了漫长的仕途，竟然历仕宪宗、穆宗、敬宗、文宗、武宗、宣宗、懿宗七朝。柳公权起先不被重用，在侍书郎任上长达 13 年之久，官职没有变化，沉溺于书法之中。其兄柳公绰官至高位，写信给宰相李宗闵，云："家弟苦心辞艺，先朝以侍书见用，颇偕工祝，心实耻之，乞换一散秩。"于是改为右司郎中，当了弘文馆学士。此间，应柳州族人柳宗元邀请，书《复大云寺记》碑。

42 岁时，柳公权脱离厌倦已久的校书生涯，被兄长绰的朋友李听辟为幕僚前往夏州，即今天的陕北横山一带。后念及知遇之恩，书写《太子太保李听碑》。一年后入京奏事，唐穆宗欣赏柳公权的诗与字，便把他留在朝廷做了右拾遗，入翰林侍书学士。

一天，唐穆宗与柳公权一起谈论书法，皇上问道："你的字写得笔法端正、刚劲有力，可我却写不了那么好，怎样用笔才能把字写好呢?"柳说:"写字,先要握正笔。用笔的要诀在于心,只有心正了,笔才能正。"

到了唐敬宗执政时,柳公权迁为起居郎。他潜心研习儒学与《庄子》,喜好佛与道,从中汲取心灵滋养,求得某种超脱。名作《金刚经刻石》,唯一唐拓本发现于敦煌石窟,现藏巴黎博物馆。柳在50岁以前的书作,可见其学钟繇、王羲之书体,仿虞世南、欧阳询、褚遂良的体态,而成柳家书艺。60岁,书《冯宿碑》,石存西安碑林。此后有《玄秘塔》《神策军》相继问世,成为千年楷书典范。

有一天,唐文宗同几位大臣在一起谈论国事,柳公权也在场。文宗举起自己的衣袖说:"这件衣裳已经洗过三次了,它现在还穿在我的身上。"一位大臣奉承说:"陛下的俭朴胜过了汉文帝呀!"柳公权则说:"陛下作为天子,最重要的事是选用那些有才德的人,罢免那些没有才德的人;让应该得到奖赏的人得到奖赏,使那些应当受到惩罚的人受到刑罚;这才是天子最宝贵的美德。穿件洗过的衣服,固然很好,可不过是细微的小事。"唐文宗觉得有道理,命柳兼任谏议大夫一职。

60岁之后,柳公权恩宠日增,人缘书贵,书因人重。柳体法度森严，面目又变颜体之肥，而为清劲挺拔、瘦硬通神，在唐晚期以一种新的书体及其劲媚之美引起了人们的赞赏，从而有"颜筋柳骨"一说，包含了一个书法家做人的风骨。

70 岁后，柳公权为国子祭酒，历工部尚书，位居亚相。82 岁时因年老力衰，在上尊号时不慎讲错，遭御史弹劾，结果被罚了一季的俸禄。懿宗时，改为太子少傅。八十有七，书《魏谟碑》，这是他最后书写的一块碑。晚年，隐居于京城南现称柳沟的鹳鹊谷，修行书道。

唐懿宗咸通六年（865 年），柳公权卒，时年 88 岁。他的骨骸和灵魂，回到了出生的地方京兆华原。今耀州区阿子乡让义村北，有柳氏兄弟墓，绰墓在东，权墓在西。

大唐御宴

进过两回大唐芙蓉园。一回是看湖上的水幕电影和焰火，水色潋滟，云雾蒸腾，孙猴子和美女们在光影四射的水雾中追逐，说是在追大唐之梦。尤其是凌空绽放的礼花，在夜天与湖面之间抒写着绚丽和诗意，让湖边的楼阁以及游园的人群都仰起脸，接受焰火的洗礼。二回是去看歌舞，玄宗和杨贵妃领着一群梨园弟子，歌之蹈之，饮酒作乐，演绎着历史的传说，让大唐把今人带了回去，久久回不到现世的情景中来。

这一回进芙蓉园，是去吃御宴。平时总是布衣的一碗面，尝尝大唐皇帝的"玉食"，也算口福。子辉老先生是位烹饪专家，在多年前就开过"曲江春"的馆子，我等就应邀品尝过，如今又在御宴宫应刘兵先生之邀施展技艺，可喜可贺。

吃"玉食"还得穿"锦衣"。我等食客披挂上阵，一身唐装起码在面子上更贴近了御宴的情景。窗外是洒满阳光的碧波，新发的柳丝把暖和的春风送了进来。宽敞而又古朴的宫殿内，只摆了十几张长方形桌案，远距离地相对而设。古琴琵琶声起，悠远且绕梁，是从西域边塞来的，或是从长安酒肆上来的。在乐声中，一人一案落座，分餐而食，面对琳琅的金杯玉碗，你不由得正襟危坐，好像自个儿成了文武将相。女令官做一道道酒菜的导游，伴以柔美的舞蹈和悠游的乐曲，行令劝酒，好不热闹。

御宴选料大多是稀有的东西，诸如驼蹄、驼峰、鹿舌、鹿尾、蜂蛹、鱼唇之类，普通的用料如胡麻饼、金丝蒸饼、长命面，也做得十分考究。鱼翅做成芙蓉汤翅，蟹黄、素鳞也既美观又可口。菜点的名目源自史料，是唐代曾经具有的，后世出现的原料如玉米、红苕、花生、西红柿等，一般不做主料。这便呈现出一种历史的真实感，也有一种鲜活的奇异感。大唐是海纳百川的，大唐的御宴当然也就兼收并蓄，不拘泥于地域物料，集各地饮食风味之大成，独自形成以醇和鲜香为特色的超菜系主题饮食文化。

女令官的酒令，是以唐诗名句来抽签的。或是对答诗句，或是以诗句含意来决定由谁发号施令，请谁饮酒，如年长者、貌美者、肥胖者（唐是以肥为美的）、面黑者等等。席间有唐诗教授、年逾八旬的霍松林老先生，有振川、子雍、治权、向荣诸兄。行令间趣语连连，酒遂人意，不觉得就多饮了几杯。如果还原大唐的曲江流饮，那又将是多么有趣的雅事。

在如此的情景中用餐，不仅是吃美食，饮美酒，更是吃建筑，吃仙乐，吃风景，吃摆设。御宴是大唐文明的风韵，是中华民族文化的国色天香，是为中外贵宾接风洗尘的高规格礼遇。有朋自远方来，不亦乐乎。

从长恨到长生

　　壬辰龙年农历六月二十三，有幸又一回东出城南，仰望雾霭中黛色的骊山，缓缓踏入唐朝皇家园林遗址华清池。虽说已过立秋时节，依然骄阳如火，燥热难耐，但当置身于青山碧水之怀抱，则有一种接受洗礼的心境，清爽怡然。

　　作为天下名胜或古建筑，眼前的长生殿独一无二。其遗址是唐华清宫的主要建筑之一，始建于唐天宝六载，即公元747年，被称为七圣殿或集灵台，后成为唐明皇与杨贵妃休闲避暑之地。七月七日长生殿，夜半无人私语时，唐玄宗与杨贵妃七夕盟誓于此，白居易《长恨歌》记述了这段爱情轶事，长生殿便驰名于世。试想，杜牧当年路过华清宫，滞留着李杨爱情气息的长生殿已经不复存在了。一骑红尘妃子笑，无人知是荔枝来。万国笙歌醉太平，倚天楼殿月分明。云中乱拍禄山舞，风过重峦下笑声。看来，盟誓长生殿的情人并无期许中的长生，事实是一曲霓裳四海兵，玉辇升天人已尽，故宫唯有树长生。树木姑且可以长生，人却不能，人非草木，但有时候不如草木恒久。在李贺的诗中，玉碗盛残露，银灯点旧纱，蜀王无近信，泉上有芹芽。可见安史之乱中，唐玄宗逃避入蜀，帝不称帝，无有信息，唯见泉边的水芹发芽，可做菜蔬，到夏日白花开放，好不寂寥。

长生，长生不老，从古到今都是许多帝王权贵们的梦想，他们可以拥有世界上的一切财富与名声，唯独不能独享长生的特权，再折腾也没用。他们珍爱生命，惧怕死亡，也许出自对生命的敬畏与留恋，但从来没有哪一个帝王或富翁做得到永远活在这个尘世上。这便是自然规律的公正和造物主的权威与绝情之处。那么，长生与长生殿的蕴意何在？群体的生命会生生不息，而单个的肉身生命不过百年。长生的只能是一种精神，而非单个的生命本身。个体生命一旦融入群体生命，才得以某种意义上的延续与永存。

长生殿玄境，则是选取其遗址文化资源的核心价值，场景电影式展示李杨爱情故事，同时是华清池乃至中国旅游文化品牌的实景舞剧《长恨歌》的延伸。四重天地，游人亲身体验唐代宫廷生活的奢华，感悟李杨爱情的真挚，享受了一场赏心悦目的芬芳之旅。芬芳中有花香的温馨，也有血腥的叮嘱，爱美人还是爱江山？

长生殿，也是昆曲名曲的名称，清初洪升历十余年始成。作者在《长生殿自序》中说：余读白乐天《长恨歌》及元人《秋雨梧桐》

杂剧，辄作数日恶。恶，是指很伤感，情绪极坏，深为作品所感动，又不满意写得过于感伤。剧本在谴责唐玄宗穷奢极侈而误国的同时，表现出对李杨爱情的同情，寄托对人间美好爱情的理想。洪升为世宦之后，国子监肄业，然命运多舛，科举不第，白衣终身。因在孝懿皇后忌日演出《长生殿》，被劾下狱后返乡，晚年穷困潦倒，醉酒溺水而亡，令人怜惜。一是长恨，一是长生，从《长恨歌》到《长生殿》，实在是一段千年的民族文化乡愁。化长恨为长生，其意蕴耐人寻味。死生仙鬼都经遍，直做天宫并蒂莲，以精神的长生消解了现实的长恨，表现出对人类文明至真之情的崇尚。有诗云：长生殿，金缕铜片，缘定三生之前，你我相伴人世间。你在荷塘的细雨宫商，只泊得白绫纱一片，梦时七夕与你笑牵牛，如今对你遗憾成千年。让时间和恩爱停留在长生殿，让刻骨铭心的相思随风流传。

　　每逢七夕节，在唐玄宗和杨贵妃爱情的发生地，也就是在这华清池长生殿前，当代的爱情故事会轮番上演，此起彼伏。情侣们在宣读流传千年的爱情誓言：在天愿作比翼鸟，在地愿为连理枝，天长地久有时尽，此恨绵绵无绝期。长生殿，如今成为中国传统文化唯美爱情的代名词，可谓中国情人节的圣地，圣洁的玫瑰花在这里常开不败。

从长生殿的玄境情景中走出来，游人们又置身今天的阳光下，车水马龙，好不喧腾。一阵清风袭来，大概是龙年立秋时节的信息，让怀揣的千古美梦渐渐苏醒。

辑

二

直立人

　　长居西安，总说周秦汉唐，却常常忘了说蓝田猿人。数十里之遥的公王岭，依着终南山的屏障俯视关中沃野，那里陈列着蓝田人的头骨，弥漫着人类初祖的精灵。这似乎是更为悠远而耐人追思的话题。

　　相比现代旅游业看好的去处，公王岭这一景点的清冷孤寂显得十分背时，遗址内独独一位看门人，传统文人的形象，满腹人类学的经纶，兼之出售门票。这肯定不会是好生意。庭院中蓝田猿人的雕像，在粗壮的眉脊和方形眼眶之间，有一种复杂的表情，在注视来者，上锁的展厅大门，开启时响声极沉重，我们的脚步却很轻浮。

　　公王岭的文化价值，被今人所发现，也只不过近 30 年。而作为历史的客观事实，则可以通过古地磁测定推到一百万年前。空间的纵横直至无限，时间的古今上下如此浩渺，我辈的公王岭之行不是显得有点微乎其微了么？面对这个不完整的中年女性头骨，管它真品还是复制品，总让人思绪遄飞。

　　直立人，蓝田亚种，系国际科学记名惯例所定。它比北京猿人较为原始，其脑量与印尼爪哇人大体相同。那时候，这里气候温暖湿润，有茂密的森林、广袤的草原。蓝田人猎取动物，采集植物，打制粗石器，畅饮山泉清流，劳动生息，群居交配，艰苦而浪漫地度过了他们在人类史中的历史阶段。与他们共存的有大熊猫、水鹿、斑鹿、猕猴和鼠类，也有豹、虎、猎豹、野猪、剑齿虎一类猛兽，这使得他们的生存境况是异常艰窘的。

直立人，即晚期猿人。它的名字，象征这时的人已基本完成人体的改造，在躯体方面与古猿形成了重要的区别。不再四蹄着地，爬来爬去攀上沿下，已能采取直立行走的姿势，能像我们现代人一样迈步行走了。同蓝田人属于一个阶段的北京猿人，已经有了控制火的能力，第一次使人支配了一种自然力，从而最终把人同动物界分开。这是人类历史的开端，生活方式的改变使直立成为可能，而改变了四肢爬行的习惯。但至今仍生活在森林中的猿类，虽可直立却没有像人那样完全实现直立。猿仍是猿，而人则将前肢从行走功能中解放出来，通过劳动使古猿又窄又薄的猿掌变成了宽大厚实的人掌，称其为手，愈来愈多地从事于其他活动了。

从古猿在树上臂行到地面上半直立行走再到直立行走，迈出了从猿到人的具有决定意义的一步。在劳动过程中，逐渐产生了语言，形成了思维，出现了社会，人类终于成为一类独立的完整的新物质形态。在研究人的学问中，首先是人类的形成问题。达尔文和恩格斯还不可能知晓蓝田猿人，可早已从生物进化和劳动作用角度解决了古猿变人的问题。蓝田猿人的发现，成为一个世界猿人化石地点，扩大了猿人地理的分布范围。公王岭，成为人的科学巨著中神奇的一页。

沿遗址展厅后面的曲径台阶而上，可见平台上的亭子。在土原断面的崖根，有当初挖出头骨的遗迹。也就是这普通的土崖下，曾深藏着生长了漫长岁月的蓝田直立人么？冬日的风吹着，崖土簌簌滑落，如同翻动的史书。而这土崖的剖面，也正像翻开的一册让天地览读的长卷。必然而又偶然，那位中年女人的头骨在某个时刻重见阳光了。而人类难道会是上帝或大自然的偶然佳作，到头来又将在偶然中消失得无影无踪么？这不仅是与己无关而且是极为遥远的事情了。

在崖底俯拾起一块俗称为料姜石的石块，为圆椎形，断面露出洁净的未被泥土沾裹的痕迹，想是从崖上跌落时摔碎的。同行者说，恐怕是化石，对了，外形与陈列室中的犀牛角相似，断面周围有浑圆的皮层模样，中间有粒状的晶莹物，如同血肉骨髓。同行者又捡起几块同样的石头，都疑是化石，珍重地藏匿起来。这里出产化石，出产生命的遗物，出产文化历史。它不是矿物质，是远古人类留赠给今人的信物。由于它们，才使我们在此时此刻把思维推至遥远，想到他们，怀念他们，明了他们生存的欢乐与哀伤。

背后的远山之巅有山民走过，星星点点的，只能看到一片轮廓。寒风中，传来了隐隐约约的呼喊声。阳光亮丽地照着山间的残雪，雪呈粉红色灼灼如燃。岚气蓝蓝的，迤逦到终南山与沃野间的远处去。是谁放开喉咙吼了一声，没有回声，很快消失在阔大的空旷之野里了。

我们顿时没有了平常的文雅庄重，显出一种原始习气，爆发出无词的呐喊。压抑过久的肺，以极限的量做一次生命的深呼吸，一次舒展的宣泄。呐喊可以穿过空间，就不可以穿过时间么？可以感应周围的大自然，就不可以感应我们冥冥中的远祖么？动物之间，早已普遍存在着一种彼此以叫声相互呼唤的活动，这种叫声已经包含和表现着一种内在的心理状态。叫声或许是亲切的呼唤，或许是危险的警告，已具有客观的对象性，作为交流的信号或符号。震动着的空气层里，充满了我们此时此刻的呼叫，原始而粗糙，是要让蓝田直立人听到么？

我们遍体长毛的祖先，曾在这崖畔上如此直立行走，如此呼喊伙伴。阳光也这样绚丽，寒风也这样嗖嗖吹过，山间的残雪在消融，空气在清新的雪岚里流动，树木在冬眠，流水在泛光，大地在脚下悄悄转动。想到这里，我们能不崇敬大自然和历史么？能不崇敬我们人类么？灵长类从猕猴进化为古猿，达到了纯肉体进化的顶端。历经若干年代，未有实现向人类转变的猿的变化并不大，而人类则成为最高级的动物主宰了这个世界。人类作为一种特殊的物质形态，发展着，进取着，在物质世界中确立了其历史地位和作用。公王岭，让人胡思乱想，以至忘记了自己的存在，甚至怀疑自己是否存在着，而试探性地把脚步踏出响声，再突然吼出怪声来。

清静的公王岭，寂寞的蓝田直立人，又这般无言地陪伴着我们这些匆匆的过客。神仙何在？上帝在哪里？在此氛围中，会幻想到法国的拉马克、英国的达尔文和赫胥黎，还有我们的恩格斯相伴而行，侃侃而谈，从公王岭的石阶上慢慢走来，议论他们共同感兴趣的话题。也许是谈到了宇宙间基本粒子进化到原子分子的时限，又是在什么时候形成了生命并最终导致人类的产生。他们是伟人巨人，万世流芳。而我们一行为凡夫俗子，只能吸吮着人类智慧的乳汁，施一点雕虫小技而已。现代人固然直立着，这是生物特征所致。而作为文化特征的直立人，更是一种灵魂的界定。人类在向动物诀别时，也曾时而走回头路，重新步入动物式的生活中去。因为劳动和创造毕竟不是轻松的事。

现在，我们离开了蓝田猿人的公王岭，从遥远的历史中走出来，沿着黛色公路回到都市的现代人群中去。已经不用直立着行走，完全可以以车代步，缩短空间的距离，也享受着时间的缓缓流逝。不过是半天工夫，一次访古的旅程结束了，却并不能获取一个什么确切的结果。我们生来，也会死去，大凡事物皆有生有灭，会有什么结果呢？现代意识看重一种过程，人类的过程是什么呢？如果说不生不灭的事物是不存在的，那么人类也自然有一个结束和灭亡的问题。不过，人类的结局尚属遥远的事，对眼前的世界有什么意义呢？话又说回来，人类的起源不同样也是很遥远的么？我只感到兜里的犀牛角化石沉甸甸的，体温正与它的冰冷交融，跨越着一百万年的守望。

人在半坡

　　有着 6000 年历史的半坡，该是西安这一地域文化遗存的长者了。他似乎白发苍苍，蹲在半坡的晨光里，览尽一代又一代子民们生死交替的人间风景。

　　半坡，是一个地形的称呼，由于它在文化遗址上的意义，稍有常识的人们一说到半坡，就自然会联想到人类新石器时代，联想到充满诗意的仰韶文化，思维便进入悠远时间里的那个让智慧萌芽的世界。除非他是一个粗人，提到半坡时会不知所云。如今，说到西安的历史名胜，会说兵马俑、大雁塔、古城墙、碑林，会说历史博物馆，还有这几年走红的大唐芙蓉园，而半坡在人们印象中，却有点像老亲戚一样疏远而不无干系。但半坡是根，而后才有了周秦汉唐的树干，有了今天的树冠和枝枝叶叶。

　　我记得在读大学时头一回去半坡，一个在历史知识方面启蒙的学子与智慧启蒙的人类先祖晤面，我的崇敬之情，我的求知渴望，是可想而知的。如果在早先，只是一个种地的年轻劳力，对眼前的沟沟坡坡、窑穴土洞、陶片石块，是不会有多少兴趣的。在我大略知道了时间是什么、空间是什么、人是什么、自然是什么的时候，突然对眼前这些看似简陋无奇的东西产生了莫大的兴味，能亲手摸一摸这里的泥土，也似乎触到了 6000 年前先民的体温，而有一种幸福和亲近的感受。当我们的心灵进入一个深邃的境界，那种精神上的阔大和丰盈，是比通常的物质占有更让人感觉美妙的。后来，我大概间隔十年八载地陪客路经半坡，又去会晤那些捕鱼、制陶、驯养动物的先民，就温习了一回学生时代的功课，会重新审视和判断自己当下所处的境况和生活中的疑惑。

在半坡，我们明白了什么？从蛮荒走向文明的路，原来是从这里开拓并延伸的，原始文化的篇章，是先民们用勤劳和智慧书写而成的。从居住区、制陶区和墓葬区的规划设计看，先民们在早期的群聚中，已经对生活、生产以及生与死的事情想明白了，并且安排得有条有理。房屋的布局，壕沟的设置，明显是后来城池和都市的雏形。那些陶钵作为生活用品，生发出后来在工艺、形貌上不断改良的种种器皿。在生产用具上的石、骨、角、陶、蚌、牙等物什，开启了人类发展生产力的先河。陶片上刻画的符号，是最早的中国文字。能吹出乐曲的陶埙，至今在西安书院门的黄昏仍然听得到。爱美的装饰物，在半坡人那里已经是一些形状各异、功用齐全、材质不同的人工制品。与动物的相处，或家养，或野生，是一种循环、和谐的状态，尽管遗留给我们的只是一些零碎的骨骼，却是一种化石般的纯粹的叮嘱。

半坡，这个仰韶遗址的地名，兴许是天意，它居于半坡，人类原始文化的半坡。过了6000年，我们是否已经抵达人类文明接近坡顶的位置，乐观中不无悲叹。螺旋式攀升，还是大起大落，起点与终点的置换，有多少人类的子孙争论不休。

人仍在半坡，人类仍在半坡。

周原

《诗经·大雅·緜》：周原膴膴，堇荼如饴。

时为暮春，草木葱茏，太阳热烘烘地照着渭河北岸苍茫的沃野。这一天，趁在扶风勾留的机会，我曾去周原作短暂的拜谒。按说，也确实是没有什么景观，别说是山光水色、亭台楼阁，就连一块作为标志的碑石也没见到，但正是在这阔大的台原上，我深感已经踏进周祖所生活的远古世界，而潜心于悠悠的追怀之中了。

这里是关中平原的西部，其地貌，正从缩窄闭合状态的宝鸡一带伸延过来，向东愈低愈宽坦。而整个原面，则由北山向渭河倾斜，以数十米或近百米的陡坎与阶地相接，呈现一块一块的梯形。深深湍流着的渭河，被枕在原畔之下了。这块原野所依附着的，是峻峨的岐山山脉。天，蓝蓝的，没有云彩。山，也蓝蓝的，恬静而肃穆。原野上，是熏风掀动着秀穗的幽暗的麦田与微微发黄的敛籽的油菜，以及一处处烟树里的村落和土路上戴草帽的行人。这里的一切，都给人以安温僻静之感，却又于自然无华的风景里，蕴含了一种古拙而鲜活的情调。

怎么可以想象，3000 年前的周人就在这块原野上生活的呢？就是一览无遗的这一块岐山下的土地，曾使一个小部落成为初具规模的小国，封建制度开始萌芽，继而开辟了一个大朝代。我寻访过公刘迁居的豳地，在位于泾河峡谷里的山一样的公刘墓前踟蹰过半日。在那沟壑纵横的山野里，公刘这位农神后稷的子孙，由邰迁豳，改善农业，颇有蓄积，得到了国人的赞颂。从追述周先公时农事的《豳风·七月》中，可以推想周先公是如何重视鼓舞农夫们的生产兴趣，以增强生产力，使部落兴旺起来的。到古公亶父手里，是由于无力抵抗戎狄侵略，率家室和亲近奴隶迁居这岐山下的周原。当时，豳和其他地方的自由民，说古公是个仁人，扶老携幼都来归附，人口比居豳时更多。拿什么供给这些归附之人的衣服食物呢？在戎狄的威胁下，古公为缓和内部矛盾，采用了商朝原有的助耕制，使新的封建生产关系在周国成为主要的生产关系。也就在周原这块肥美的堇菜苦菜都像糖一样的土地上，划田分地，挖沟泄水，繁衍生息着农神远祖的子孙。这一切，我只能凭借历史的记忆而知晓，而脚下的土地，眼内的景物，难道就能说明什么意义，不能告诉给我任何东西吗？

在这里的一个文物管理所里，我惊喜地看到了那遥远时代的遗物。这种惊喜，有对于历史的盛衰荣枯之感慨，有对于古代文化的敬仰与钦慕。掘自于周原地下的青铜器，其历史之久、数量之多，为世界所罕见。周人由豳迁岐之后，其政治、经济、文化活动的中心，即在今岐山县东北的京当和扶风县北的法门与黄堆交界处。这里的地下埋藏着极为丰富的周代文物，简直是一个贮藏西周青铜器的宝库。往往不是一件两件，一发现便是数十件上百件的窖藏铜器群。清光绪年间，扶风任家村出土著名的毛公鼎、大小克鼎和卫鼎，这窖铜器多达 120 余件。近在 1976 年，扶风庄白发现窖藏铜器 103 件。其中史墙盘为恭王时器，铭文近 300 字，缕述了微氏家族的业绩，奉献出了宝贵的西周史料。历史，远去了，而远古时候的遗物却存在于今人的眼前，邀得过往观客的匆匆一顾，使你琢磨人类童年时代的价值。那静默的遗物，似有青铜的铿锵声韵，以巨响回荡于天地之间，而震慑着后人的心魂。

透过放大镜，我看清了甲骨文上的字样。这就是《诗经·大雅·緜》中所说的"爰契我龟"吗？刻在龟板上的果真是神的主张吗？用烧灼龟甲来占卜，看龟甲上的裂纹来断吉凶，又把占卜的结果简单记述在甲上，这当是我国较早的文字。这些发黄的龟甲上的象形字，记述了怎样的吉祥与厄运呢？那背面烧灼的焦黑的痕印，像有火星在进飞，给你一种异常神秘的感觉。

在这里，也可以看到周人在屋脊和天沟处使用过的瓦，也当是我国迄今发现最早的瓦。同时，也有草拌泥和纯黄土夯打的土坯，即砖的前身。墙面和屋内地面皆用黄土、沙子、石灰搅拌的三合土涂抹，其坚硬性犹如水泥。考古专家们根据岐山县京当凤雏村一处建筑遗址，用科学的想象为我们描绘了一幅3000年前的一座宫殿的复原图。房屋坐北朝南，其平面布局完整、壮观，结构谨严。以景壁、门道、中院、大厅、过廊为中轴线，东西两边有厢房，其间均有回廊，并有台阶通向院子，檐柱、廊柱和屋柱都排列得井然有序。有阴沟排水管或明槽，排水设备十分合理。而扶风黄堆齐家村单个建筑遗址，房子则很狭小，显然是西周平民住过的地方。在这一方原野上，很有布局地分布着制骨作坊、制铜作坊、制陶作坊以及墓葬区，形成了一个规模宏伟的西周邑城。由此可见，我国传统建筑的风格是如何的源远流长。

从《诗经》的一些篇章可以想见，古公亶父是怎样在荒僻的周原上筑城郭室屋，拉绳栽桩，填土削墙，立起王都的郭门，建起大社坛；又如何以邑为单位居住归附人，改革戎狄旧俗，设立官司，形成了一个粗具规模的周国，继而强大到足以剪灭大国商。往事越千年，历史如此无情，到哪里去寻找西周京城的踪影呢？在召陈村，我看到的是一片被土刚刚填过遗址的平地，只有一根细棍标志着方位。遗址的周围，是一望无际的绿色海洋。村落，则如岛屿般静静地泊于其间。寂灭了的周祖古公的业绩，与眼前的风景置于一处，是多么令人感叹啊！

我被一阵激昂的鸡啼所吸引，那是正午间村舍里充满生气的歌。炊烟随之升腾起来，在屋脊与树梢间相挽，弥漫了田园。从田野归来的人们，赶集归来的庄稼人，以及骑车子双双疾飞的青年男女，在绿野间的黄土路上过去了。鲜艳的红的衣衫或亮丽的白的背心，点缀着这绿的原野的色调。这使我想起西周的那些生活歌谣，女子如何求偶，盼望求婚的男子及时而来，别等到青春消逝。或是征人回乡，在细雨蒙蒙的路上如何想象恢复平民身份的可喜，想象那可能已经荒芜的家园和正在思念他的妻子，而带着急切的盼望和几分担心憧憬那久别之后的重逢。哦，远逝了的情景，已融化在眼前暮春的风物中了。这时候，我的心呀，也融入了这苍茫的雄沉的古原，而低徊留恋，不忍遽去，仿佛回到自己的故园一般。

回到秦朝

秦朝留给我们的遗产中，最生动和完美的，莫过于兵马俑的脸。当我们从封闭的墓穴中，取出一张张躲过2200多年岁月磨蚀的陶制面孔时，我们感到一个沉睡的意识正在被唤醒：那是一种源自东方的古老感动，正如当我们面对一位可以称之为"美"的中国男人的时候，我们在灵魂深处所感到的那种轻微跳动。在时下流行的杂志封面上，在目光所及的广告影像中，无不充盈着一张张当代美女的脸，同时，也少不了俊男的脸。尽管女人脸比男人脸占有的份额要高，但却不等于男人是被放弃关注的。在几千年相对男权化的社会生活中，男人的脸，男人的扮相，不论从哪个角度讲，都是一个十分有趣的话题。

脸长得什么样子，有种族、家族的遗传基因，有繁衍过程中的变异，也有后天精神气质的陶冶。作为审美对象，尤其作为类型的划分，中国男人形象的标准是什么，又是谁最早制定了这个标准，它又是如何演化的？我们和它们，穿过两千多年的历史风尘，两两相对，终于找回了中国男人最早的脸。朴素、宏阔、刚毅、俊朗，使如今一切浮浅、奢靡、卖乖、作秀的面孔相形见绌。尘封得太久太久的面庞，也和兵马俑一起被时代遗忘了。我们常常听到戏言，以名人为对象，说当下的秦人张艺谋是兵马俑，说陈忠实是兵马俑，还可以举出一连串名字来。初听似有点贬意，可越琢磨就越觉得是褒扬，不够展脱化为个性十足，沟壑纵横化为饱含沧桑，中国男人味的脸原来是可以从秦人的遗传基因中找到原始版本的。面对秦俑，究竟是谁在对视于谁呢？

中国有一种面相学和鉴人造型理论，说人的脸形可以汉字形态归为八种：国、用、风、目、田、由、申、甲。元代人称"八格"，清代人称"八字"。所谓"相之大概，不外八格"。在常人看来，这是擅于相面的卜卦知识，是一种古老的游戏，但在今天也有不小的市场。作为卜卦，有封建迷信的欺人之谈，而作为人的生物学解剖学说，它是有丰富的科学内涵的。秦俑的脸型，让我们看到了这种传统的渊源。

我读到的文献中，专家王玉清将秦俑的脸面轮廓也列为八类：

"目"字形脸，头形狭长；"国"字形脸，方正稍长；"用"字形脸，额部方正，下巴颏宽大；"甲"字形脸，额部和颧骨处宽度接近，面颊肌肉显著内收，下巴颏窄尖；"田"字形脸，面形方正；"申"字形脸，颧骨处宽，额部较窄，下巴颏尖；"蛋"形脸，额处宽，下巴颏尖，脸上肌肉丰满，其轮廓线如同蛋形；"由"字形脸，额部较窄，两颊和下巴处宽。秦俑面部轮廓，以目、甲、国字形脸最多，申、由字形脸最少，说明秦代和现在人们的面部轮廓基本上相同。秦俑的面貌，也有美、丑、胖、瘦、年轻、年老、常见型和罕见型的区别。

秦俑学的研究成果表明，宽额、厚唇、阔腮，纯朴憨厚，多是出身于关中的秦卒。圆脸、尖下巴，神情机敏，似出身于巴蜀。高颧骨、宽厚耳轮、眼睛不大、薄眼皮，结实、强悍，像是陇东人。秦军的主要成分，是来源于关中地区的秦人，杂有其他地区的成分。秦兵主要是从农民中抽拔的，今天我们看到的是两千年前秦代耕战之民的真实原貌。秦俑面部彼此间有不少显著区别，这是我国各民族在生理上的特征。但要完全分清其特征一定属于哪一个地区的民族，几乎是不可能的。汉族人口众多，也是长时期内许多民族混血形成的。秦俑的脸型、胖瘦、表情和年龄有差异，这与俑群的制造出自多人之手有关，更与秦军来自全国不同地区有关。比如陕甘、两湖、巴蜀、齐鲁、三晋、江浙等，各地区人的身高、脸型、风度都有差异，尤其在世代居住在一个地区的农民身上更为明显。秦国兵源来自全国各地，是其体格和面孔差异的主要原因。

我们说秦武士俑官兵形象的塑造出之有据，一是指立有战功的将军，二是指秦国各地的少数民族。在秦国，除汉族的前身华夏族外，还有戎、狄、羌、胡、巴、蜀、冉、白马氏、夜郎、蛮等好些少数民族。按秦的兵役制度，男子 17 岁就到了服兵役的年龄，少数民族也不例外。但从秦俑的貌相看，绝大多数不是秀骨清像的南方人，更多的是阔面、高颧、大耳、方口厚唇、体魄高大的西北人。工匠们用写实的艺术手法，把它们表现得十分逼真，惟妙惟肖。在这个庞大的秦俑群体中，包容着许多显然不同的个性，使整个群体更加活跃、真实、富有生气。

但秦俑一直到现在，对于懂得艺术语言的一切人来说，它所制定的中国男人标准化的审美形象，仍然是崭新的。它不是俑文化的童年，而是在一开始，就为汉唐后世提供了可以继承光大的艺术遗产。在中国男人最早的审美形象中，秦俑是有草创的标本价值的。在其最朴素也最宏阔的构造中，带有生气和动态，具有那个特定时代完美的秩序和迷人、和谐的魄力。从秦俑演绎过来的当代秦人，中国男人的形象、品格和精神，又该是什么样子呢？有人说，中国人没有上帝，只有祖宗。人法地，地法天，天法道，道法自然。天人合一。陕西人，秦人，是热爱家乡的人，是守候家园的人。

在现代人的审美意识中，崇拜英雄是对阳刚之美的向往。由于时代的变化，又产生审美的反动，或者叫颠覆，出现了弱化阳刚之气的趋向，阴柔之风兴起。加上男女的社会平等化的进程，女性地位逐渐提升，一些人对所谓中性化的审美给予关注。在一个仍然是男权社会的环境里，男人更多的是对女人的欣赏，女人为得到男人的欣赏，一般则是投其所好，男人眼中的标准便渐成真理。而个别男人反过来欣赏女人所拥有的被欣赏的性别，逐渐与女性化接近。不是英雄的时代过去了，奶油小生的时代来到了，在一个永远主张男女有别的世界里，对于审美标准在男与女之间的空间游移，是可以自圆其说的。在一般的概念中，男人是有胡须的。胡须像头发一样，它是人的面孔的一部分。它本来就有不同形状的根，自然地生长出来，只是在剃与不剃、留与不留、蓄怎样的胡须样式上，装饰并改变着人脸的形态。现在，中国大多数男人的胡须是愈来愈少了起来，一般是很少蓄留的，总是长了就剃，所以剃须刀和剃须泡沫业的生意大为兴旺。而在现代城市里，留胡须的男人大多是一些追求个性的人，他们大多是一些艺术、娱乐、文化消费圈等的从业者和爱好者。有的是职业的需要，有的是不情愿淹没在大众化的潮水之中。城市之外，尤其是乡野之风遗存的地方，传统的胡须还经久地保留在男人的脸上。它是长者的标志，是一种尊严的象征。

中国男人的脸的类型是多样的，那么它的美也是丰富多彩的。如今，我们所读到的中国男模的脸，传媒广告中俊男的脸，流行风中对男孩形象的欣赏标准，在外来海风的拂拭下，已经悄悄地发生了变化。一个显著的倾向，是已经少有东方民族文化审美的魅力了。在日常生活里，什么样的男孩美貌，什么样子是帅，什么样子是俊，什么样子是所谓酷毙，也多是随波逐流、邯郸学步。于是，男人少了阳刚，多了阴柔，慢慢地雌化或中性化，男不男女不女的，便可以确认为一种先锋、时尚、前卫于目下中国男人的审美标准。中国男人形象之美，在人们的时尚和审美意识中，是一种追求过程中的求新求变，同时也处在一种盲目、犹豫、徘徊的状态。

回归秦俑，当今中国男人形象的基点，或者说是驿站。我们从这里找到了最早的规范和标准的源头，然后向前走，去发展，去创新，去英俊，去美。

秦二世之墓

　　去古长安的曲江池遗址寻访乡人仰慕的寒窑，得知秦二世胡亥墓就在近处，便趁春末的夕阳去领略其间的意味。

　　进城去的乡人开始归来，郊野的大道上便是一种匆匆的行色。路在此处开始拐弯上坡，伸延到曲江池畔的土塬上去。托着沉重行囊的车子在坡前显得滞缓起来。拉骡子挂坡的驼背老人等来了生意，从岔道旁的茶亭小凳上站起，解开牲口缰绳，向坡前踏来。我喝完一碗泥腥味很重的茶水，又看了一眼用红漆画在树干上的箭头标志，踏上田间的土路去访秦二世的幽魂。

　　这个被历史冷落的人，依然被今人冷落。去墓园的路仅一车辙宽窄，且有深深的辙印，似乎直通往一处砖瓦窑。眼前的土塬高高隆起，当是大唐紫云楼的遗址。借着它的厚重的根基，乡人取土做坯，烧造砖瓦，让历史的根底跃上城中最现代的高楼大厦。岔过一条小路，皆是一处处坍塌废弃的破砖瓦窑，疑为旧的堡垒，满目疮痍。有现代流行歌曲的复制带在噪音十足的录音机上旋转。闻声前去，即台阶，即门楼，即秦二世胡亥墓了。

　　寂冷的一隅，被现代噪音所充塞，愈是这样愈显寂冷。寂冷得仅有一个卖门票的小伙子，像某种小生意的摊点一般。园里花很好，因为土地很肥沃，因为气候雨水很好。冷清益于花草的生命。建筑物很民间，只是蹲在殿前的一头破损的石兽让人顿觉狞厉之美。所谓的殿，叫作展室更好。有塑像，有图文，讲秦代的兴衰。拐到殿后，即可看见立有碑石的小土丘，杂草丛生，多为酸棘刺，峥峥嵘嵘，掩着一个 23 岁的皇帝的残冢。

　　尽管游人罕至，但还是踏白了一条小径，直绕到土丘之额去。踩上去，便把皇帝踩在了脚下。史传秦二世胡亥昏庸无能，在位 3 年，结束了不可一世的大秦王朝。始皇企图占有空间和时间的极限，却仅传至二世便灰飞烟灭了。始皇死于沙丘，李斯秘不发丧。后假诏使扶苏、蒙恬含冤千古，胡亥袭皇位，赵高进为郎中令，李斯则保住了丞相之位。二世受赵高谗言，大举屠杀大臣及诸公子。随后陈胜吴广项梁刘邦起兵，统一的国土复于战乱，齐楚燕韩赵魏东方六国各立为王。赵高欲乱，牵一鹿献给二世说："这是一匹好马。"

二世笑道："丞相误邪，指鹿为马。"问群臣，有言马言鹿或默然者。凡言鹿者均被赵高所杀，进而逼二世一死。

站在土丘之上，东望即秦始皇陵，那里的兵马俑坑人潮簇拥。西北望去，是列峙的汉陵、迤逦的唐陵。东南近处则可见汉宣帝杜陵。相形之下，位于秦汉上林苑、隋唐芙蓉苑的这一方墓园实在卑琐得可怜。眼前的曲江池早已干涸，江头宫殿化为砾土，柳为谁绿，唯桐花如血怒放得粲然。近处是田畴村落，夕阳西下，炊烟袅袅，古风栖处的原野依旧是生命的欢歌。

独自进得墓园，独自走出墓园。总把现代流行歌曲的噪音当作历史的挽歌。郊野大道上人流稀少，老妪的茶亭已经收摊，归去城里的班车也赶不上趟了。

司马祠

　　一说到韩城，自然会想到司马迁。地以人传，由于崇敬司马迁，而对韩城心仪已久，感觉那里的地势之高，城郭之阔，田园之丽，的确是一个好地方。年少时，曾匆匆地游览过一回，许是太幼稚，印象中只是一些高高低低的建筑物，尔后读司马迁，却没有从那次游历的记忆里找出一点清晰的感受。重访，不都是重新发现，有时候只是从头做起。

　　韩城南边是一个有别于周围山原的盆地，绿树葱茏，良田万顷，疑是到了江南仙境。芝水从这里流入黄河，这芝川便有了天赐的好风水。与司马迁结缘的汉武帝，曾经不想死，那些方士宦官之流投其所好，竟在这一带挖到了灵芝草。汉武帝喜得瑞药，却也没能活到今天，只是由此将原名陶渠水的这条河更名为芝水了。过小石桥，穿木牌坊，跨入祠墓大门，踏上石砌的司马古道，便开始了仰望中的登攀。

　　脚下的古道是用宽大厚实的石条铺成的，粗粝坚硬，历经数千年而牢固如初。古道又名韩奕道，始建于春秋时期，韩、赵、魏三家分晋后，开凿了这条悬崖上的交通要道。楚汉之争，韩信经这儿运过兵；汉武帝祭祀后土，经这儿往返行宫；隋唐末年，李世民经这儿攻入长安；明末李自成经这儿渡龙门，直捣燕京；朱德经这儿东渡黄河，抗击日寇。这条巨石铺砌的古道，缘于不易更改，万年不朽，是另一部书写在石头上的史记。太史公之前之后，这里演变过的金戈铁马的历史活剧，都被揽入了有形无形的史圣的心目中。

南侧有一座河渎碑，是近年迁入祠内的。是说宋代某某年，黄河水三次变清，"其袤百里，其久弥月"。黄河清，圣人出，无疑是吉祥之兆，皇上一高兴便拨了银子修庙立碑。黄河由浊变清，许是历史事实，今天的黄河仍然是黄的，黄河清，成了今人的一个梦想。有趣的是以自然界的变幻征兆人间事象，往往是靠不住的，碑说黄河变清之后15年，北宋王朝以灭亡告终，皇上父子俩双双当上了金兵的俘虏。

"高山仰止"，是《诗经》里的名句，嵌在这头顶的牌坊上，正好合了拜谒者的心情。这时，你的脚步已踏入了神道，登九十九级台阶，就可以抵达祠顶了。这条险峻的山脊，是后人垫沟筑起的，砖石砌成的九十九级台阶，用意取之于《易经》中的释义，九为数之极，九九则至高无上了。皇上的祖祠称九庙，官衔不算高的太史令却有九十九级的神道，一则有造祠者藐视皇权之意，更具寓义的是说司马迁经受了多么坎坷曲折的磨难，才登上史圣之巅峰。他"以天地为量，不计小耻"，以"史家之绝唱，无韵之离骚"光照后世。

"迁生龙门，耕牧河山之阳。"司马家族虽世代为官，但太史令的官职低微，仅凭俸禄是不够的，要养家糊口还得靠家乡的农牧业。司马迁半耕半读的少年生活，该是田园牧歌式的了。他19岁进入长安读书，20岁到23岁游历了长江淮河流域和中原及山东一带，为以后参与父亲司马谈写中国通史做准备。之后不久仕郎中，成为皇上的侍卫和扈从多次随驾巡游。35岁时为郎中将，以皇帝特使身份西征巴蜀，安抚西南。与父亲诀别后，又随皇帝祭泰山、至濮阳抗洪。38岁继父职为太史令，职掌天时星历，管理皇家图籍，制定《太初历》，还得经常陪皇帝出差。直到43岁才开始"绝宾客之知，忘室家之业，日夜思竭其不肖之材力，务一心营职"，著述《太史公书》。

至此，司马迁完全可以当好他的朝廷历史顾问，不问当下朝政，写完他的书，了其终生。也许是应了那句俗语，"是福跑不了，是祸躲不过"，他的厄运亦是他成就伟人的机遇扑面而来。这年苏武出使匈奴被扣，汉武帝发兵讨伐，李陵为将，请"自当一队"。后李陵战败被俘，武帝自然很恼怒，群臣为讨好武帝而不敢追究李广利的渎职罪，便把责任全部推到李陵头上。司马迁在回答武帝的召问时，没有随声附和，只不过是讲了几句真话、几句公道话。他说兵败主要责任在主将李广利，李陵有乃祖飞将军李广之风，虽然被俘，一定会设法报答汉朝的。汉武帝听他胆敢指责国舅李广利，加之本来就对《太史公书》中如实记载景帝和当朝皇上的错误忌恨在心，便大发雷霆，以诽谤罪将其打入天牢。李陵被灭族后被迫投降，司马迁被罪加一等，以"诬上"罪判处死刑。要免得一死，一是交50万钱，二是愿受宫刑。清贫的司马迁没钱自赎，为实现写出一部中国通史的梦想，只得屈辱地自请宫刑，割舍作为男人的生殖器官。他超越了常人的物质和精神处境，"不虚美，不隐恶"，"穷天人之际，通古今之变，成一家之言"，著一部史书在人间。48岁受难，死于56岁，终了还是"有怨言，下狱死"。

传说是司马迁的夫人柳倩娘和子女，将太史公的骨骸运回故地，掩埋在这高岗上的。有种说法，身体发肤受之父母，得之天地，不能有丝毫损伤，司马迁受了宫刑，有辱祖先，不能埋入祖茔。这是谁的悲哀呢？我宁可认为，此处枕家山，临大河，气宇轩昂，一览众山小，是史圣最佳的长眠之处。历代皇上多视其为判臣，封建文人少有敢推崇者，祠墓的扩建维修多是当地县官和民众所为。

登上山门，攀至最高层的祠院，地势开阔了。殿内有若干碑文，奇妙的是那一块梦碑，说唐朝褚遂良于同州梦见一女子叫随清娱，自称司马迁之侍妾，迁遇难后忧伤致死，褚遂作此墓志铭。是实录还是虚幻，莫衷一是。造于北宋的司马迁泥塑像，不是宫刑后无胡须的"妇人像"，是根据从芝川乡间寻访到的太史公壮年线描画像塑造的，相传画像出自司马夫人之手，泥塑像面稍北望，是在想念苏武和李陵二位好朋友啊！寝宫后是司马迁圆形砖砌墓冢，为元世祖敕命建造的蒙古包状八卦墓，"以通神明之德，以类万物之情"，非大智大慧者莫属。墓顶一柏分为五指，人称五子登科，形若颤抖的五指，傲指苍穹。

这是天问！我听见史圣在歌唱。这歌声穿越古今，扬善弃恶，与大河一起歌舞。天空有雄鹰飞过，它读圆的墓冢，读方的祠院，读直的牌坊和山门，再读弧形的古石坡和小桥大路，这竟然是大地上一个巨大的问号。

长安梦寻

鸿门

途经临潼新丰一带，瞥见台塬上军帐驻扎，旌旗猎猎，游人络绎不绝。路标说，这里叫作鸿门。

据《史记》载，秦末时楚怀王立约，先入关中者为王，刘邦军先行攻占咸阳，项羽随后入关。项羽听说刘邦欲为王关中，准备兵击灞上。项伯夜访张良，翌日刘邦遂至鸿门谢罪，项羽设鸿门宴招待刘邦一行。项羽谋士范增想趁机除掉刘邦，"项庄舞剑，意在沛公"，项伯则拔剑对舞保护刘邦。张良使樊哙闯入宴席，后刘邦借外出小便，逃离鸿门。

唐代诗人胡曾举进士不第，也许是路过此地有感而发，吟就《鸿门》一诗："项籍鹰扬六合晨，鸿门开宴贺亡秦。樽前若取谋臣计，岂作阴陵失路人。"是叹息那么威武强悍的项羽，力能扛鼎，英勇善战，却在鸿门酒宴上不取范增之计，致使垓下兵败，失道于阴陵，自刎而死。

如果在鸿门宴上，项羽听从范增劝告将刘邦杀掉，哪来汉朝呢？四面楚歌，项羽哀叹天意亡我，尽管那么"力拔山兮气盖世"，而刘邦重用张良、韩信，斗智而不斗力，终称雄天下。历史却不可以假设，不可以重写。

作为旅游景点的鸿门，只是向后人叙说一个精彩的历史故事罢了。访长安者必游临潼，游临潼者不妨走一遭鸿门。据说军帐内有泥人塑像，这倒无所谓，有意味的是身临其境，捕捉历史的残梦，沉浸于思古之幽情中。不妨也观赏一番村舍烟树，听那鸡鸣犬吠，与故地乡野的风聊作窃窃私语如何？

鸿门，又称"戏地"。

灞上

一条河从秦岭发源，流经蓝田，淌过长安东郊，而归入渭水。

这条河原名滋水，秦穆公称霸西戎欲显耀武功，改其为灞水。水上自然有桥，为古长安东之要塞。如今，人称灞河，这块地方叫成了灞桥。而灞上，则指河水西岸地势稍高处一带吧。

刘邦曾破武关经蓝水进兵灞上，秦子婴便"衔璧迎降于轵道旁"，秦王朝由此告终。项羽虽残暴却有"妇人之仁"，不以四十万对十万的兵力击杀刘邦于灞上，虽立为西楚霸王，遣使刘邦去汉中为王。然而刘邦暗渡陈仓，定三秦，与项羽相争终成帝业。奇巧得很，汉朝也灭在叫作子婴的第十二主手里。汉陵有九座列峙于咸阳原上，却另有杜陵建在长安东南郊的原上，再就是文帝刘恒的霸陵筑在灞水之傍，故此地又称灞陵。

秦汉时，灞桥要道设有稽察亭，检查往来行人车马。唐代在此设立驿站，长安人送客东行，多在此折柳赠别，故又名销魂桥。隋文帝时又修南桥，七十二孔，圆石排垒，保存至今。后来改石桥平板为水泥桥，新筑陇海线的铁路桥，近年又筑西安至临潼的高速公路桥，灞河之上煞是壮观了。西汉将军李广夜经稽察亭，灞陵尉酒醉，喝叫李广站住，李广随员说是故李将军，那灞陵尉却道："今将军也不得夜行，故将军算得了什么，且宿亭下！"唐驿站不是稽察亭，李白叹"年年柳色，灞陵伤别"，韦庄咏"万古行人离别地，不堪吟罢夕阳钟"。断肠之处，攀折送客，醑酒一卮，立马沾襟。莺柳添几多新恨，赠行折取又哪得到了深秋。待灞原风雨定了，晚见雁行阵阵，落叶他乡之树，又几多寒灯独夜之人。如今，此处不再折柳送别，且有公路检查站设在桥东豁口，高速公路收费处在不远的地方显得十分现代。

灞河仍然在继续着它千年万载的流淌。灞上草深林茂，新柳可否记得古人伤别？灞陵落寞，是因为长安的名胜太多了。而灞水中的黄沙挖去又来，如同流水。沙是建筑材料，挖了可以卖钱。倘若李白今日在此，还向秦人问路歧，还唱"骊歌愁绝不忍听"么？

香积寺

香积寺，在城南神禾原上。唐神龙二年，为纪念净土宗高僧善导而创建。寺内有善导塔，高十余层，造型堪为典雅。

携王维游香积寺。他说："不知香积寺，数里入云峰。古木无人径，深山何处钟。"我感到诧异，云峰何处？分明是原上的薄霭。且塔旁田畴起伏，皆无古木深山。只是那钟声，我俩都听到了，却道是千年间的一个奇妙的和音。他又吟"泉声咽危石，日色冷青松。

薄暮空潭曲，安禅制毒龙"。而我却不见泉松碧潭，仅见僧人坐禅，不得玄机。僧人在诵《涅磐经》么？经文中说："我住处有一毒龙，其性暴急，恐相危害。"僧人为能制服毒龙，在此坐禅入定，一直坐到1000多年后的今天了么？

僧人是当今的僧人，不是王维所见到的僧人，我也只是在唐诗中读王维罢了。香积寺已被田园围拢，深山古木当在几十里南山之中。寺靠村舍，农事正忙。寺旁一弯潏水流过，哗啦啦响，有一小桥可达彼岸。我在寺内购得一小本经书，黄皮的，开本为64开。粗粗翻过几页，文字如赋如诗，多为智理之言、导善之说。忽有豪华小轿车飞扬尘土驰至寺前。车里钻出来的外宾，戴着茶色眼镜，西装革履，来朝拜善导塔。他不是唐人王维。王维恐怕已弃官归田，走远了。

下马陵

沿修复的城墙内环路，从柏树林南头至和平门里，可见一称为下马陵的地方。平时行人稀疏，楼舍与高墙下的巷道显得幽静寂寥。唐时的下马陵，俗称虾蟆陵，当在长安城南曲江附近。当时为游乐之地，想必是十分热闹的。有诗道："翠楼春酒虾蟆陵，长安少年皆共矜。纷纷半醉绿槐道，蹀躞花骢骄不胜。"菊花青好马悠游而行，马背上的少年颇显骄态，酒意微醺。而诗人皎然恐怕不是这等富贵之子，如若是的话，他又为何出家为僧，久居吴兴杼山妙喜寺呢？据说，他在唐代和尚中文名很高。下马陵，有如何下马的礼仪，陵又如何，不得而知。谢良辅《忆长安·十二月》有诗云："取酒虾蟆陵下，家家守岁传卮。"从虾蟆陵下取得酒来，杯盏咣当中坐而待旦，度过除夕之夜，一年又过去了，一年又来了。

下马陵的位置，从大雁塔以东移至和平门里，如果是将唐朝的皇城当作后来的西安城，规模缩小，大致推测方位也罢了。或许另有说法，不去细究。如今下马陵附近，也有餐馆酒吧，时而有老外在那里品味。到了灯节，紧依的城墙上火树银花，喧闹非凡。下马，虾蟆，音近似却语义甚远。是否在唐时的虾蟆陵可以听到青蛙或蟾蜍的鸣叫声呢？青蛙又称田鸡，时下属禁捕之物，然田鸡下酒，当是一道好菜。

买花与卖炭

唐代长安城，到了春深时节，人们便乘车骑马相约去赏牡丹。

若想有国香常伴，可买得花束归去。花的价钱是不固定的，这要看花的品种优劣贵贱。红白相映，五彩缤纷，据说代价约五尺白绢。上罩帷幕，旁织笆篱庇护，洒水沾泥，色香如故。人们都以为此乃习俗，却有一乡村老人偶至买花处，低头长叹，这一丛深色花竟是十户中等人家的赋税。诗人白居易的《买花》，记述的当是这番情景。沉香亭中，玄宗与杨玉环观赏牡丹，李白便吟出"名花倾国两相欢"的《清平调》。如今去观赏沉香亭的牡丹，姿容依旧，而人面却是谁呢？街市也时兴起花店来，有真花亦有假花，见人买得一枝郁金香，值五块钱，真是好价。

白居易也写有一首《卖炭翁》。冰天雪地，老人驱牛车从南山赶来城中卖炭，换得衣食所需，宫中太监仗着皇威掠走炭车，所得不过半匹红纱一丈绫。伐薪烧炭，指的是木炭。而今城中已罕见牛车，骡马车只许在僻巷行驶，大多是搬运建筑材料的近郊农人。居民烧的是蜂窝煤或液化气，煤炭供给锅炉和发电厂应用。一些餐馆烧用的是块炭，俗称钢炭，有烟且耐火，这也就有了卖炭的生意。卖炭人多是乡村来的流民，置一辆箱板窄长的人力车，早晚冬夏都串街过市叫卖。车上有秤，以斤论价。他们从煤厂购出块炭，零售于市，无非挣几个苦力钱。

炭与花相去甚远。但炭火燃烧时也不亚于鲜花的美观。

梨和柿子

唐长安皇家禁苑中，有大片的梨树园。玄宗曾在梨园中给乐工和宫女教授乐曲，乐工便被称为皇室梨园弟子。后世也就将戏剧艺人称作"梨园弟子"了。古长安的梨树很多，暮春时节，梨花如同寂寞静女，素淡天真，孤洁无尘，粉香清芳，与青柳相映成趣，使凡卉也要妒忌了。尤其于细雨薄烟里，娇韵十足，恍若玉人之初沐。花好果亦好，酥甜香脆，玉浆四溢，堪为果中上品。樊川大梨，据说落地则破，其主取者，以布囊承之，名含消梨。新丰、扶风、彬州梨也尚佳。如今咸阳街市上，以梨树为夹道的风景，梨花如雪，梨果坠地而无行人捡取。在西安，似乎还少见以果树置街市的情景。

至于柿子，虽比不得梨的高洁酥口，也却另有味道。我曾写过记述故乡渭北原上的柿子的文字，那树龄之长，树冠之大，果实之硕，景色之壮观，似乎是独到的。西安城里偶见柿树，显得文弱小巧，柿子也难等到熟透就被遭践了，空留一树红叶飘零于霜天。刘禹锡《咏红柿子》说："晓连星影出，晚带日光悬。"柿果与霜叶，比二月花还要红艳。郑虔的诗画字被玄宗称为三绝，而郑虔年幼家贫，是靠慈恩寺的柿叶当纸修炼成的。《酉阳杂俎》说："俗称柿有七绝，一寿，二多阴，三无鸟巢，四无虫，五霜叶可玩，六嘉实，七落叶肥大。"临潼的火晶柿子，秋后街市上有售。柿饼，年节为老家祭品之一种。我幼年卖过柿子，那时候四个卖一毛钱，但钱顶钱，可贴补家用。

莲湖

今莲湖公园有承天阁，缘于此园系唐代宫城承天门遗址。明朝朱元璋之子在这儿营造了一个私人园林，引水种莲，故有莲花池之称。康熙年间易名为放生池。之后，又广植花木，辟为公园，且湖分两半，东湖泛舟，西湖植莲。因此园，这一带便成了莲湖区。"此巷不通"的牌子是说莲湖巷子为半截巷，从这儿进去还得从这儿出来，端直走不到西头别的巷子去。我供职于此巷某院落，临窗即见园子里的各色风景，扫兴的是园子这一角为垃圾点，垃圾似乎在那里长了根而大煞其风景。咫尺之间，却也极少去园中泛舟赏莲。

莲为凌波仙子，静中吐芳，红白两色，一般馨香。其鲜洁雅丽之花，玉白可口之藕，竟是从污泥中生长出来的。出淤泥而不染，濯清涟而不妖，中通外直，亭亭净植，花之君子者也。唐时曲江池的莲花，曾使宫女自愧不如而抛弃了头上无味的饰物，画工掷笔抛彩，僧人也不想闭目坐禅了。华山因千叶莲花而得名，甚至"三寸金莲"之称也来自莲花。古莲子长眠五千年后，浸于硫酸中尚可抽芽开花。明朝的莲子想必也许开花于今日的莲湖了。园中曾有奇园茶社，主人叫梅永和，在茶社设秘密交通站。园中对联为"奇乎不奇，不奇又奇；园耶是园，是园非园。"横额为"望梅止渴"。如今园中有"西安棋院"，黑白分明，交战无休，棋也奇也，其间奥妙似乎胜于赏莲。

兴善寺贝多树

兴善寺，位于今西安城南，曾几何时已被辟为公园，称之为新风。寺院始建于晋代，初名遵善寺，隋开皇年间改名大兴善寺。名字改来改去，地方还是这块地方。唐代有个不大知名的诗人叫张乔，安徽贵池人氏，咸通年间中进士，后居九华山做了隐士。他曾来到兴善寺中，看见了一株贝多树，感慨万千，遂题诗作念。这株贝多树，拂摇云天，煞是可观。树苗来自印度，由小即大，繁衍成荫，势随佛塔而生，寒出四墙之外。春鸟啼月，空中蝉噪，远根穿过古井，高顶疾风起落。灯夜影动，雨朝声繁，耐得雪霜，寿于终南，只有劫火才可以使其寂灭。张乔对贝多树可谓顶礼膜拜。

不曾留意，如今贝多树安在？贝多，又作贝多罗，梵文音译，冬叶不凋。其叶片可代纸用，佛教徒常用以书写佛经。隋唐时，长安佛教盛行，由印度来此传教的僧侣，在寺内翻译佛教经典和传授密宗。贝叶有知的话，也修行得差不多了。掌状羽形分裂的叶子，亦可做扇子，供世人纳凉以驱酷暑。花淡绿而带白色，开一次花结一次果后即死亡。茎上有环纹，甚为奇妙。诗人张乔所言的"劫火"，为梵文音译。在佛教看来，世界经历若干万年毁灭一次。重新再开始，一个周期为一劫。叹时间浩渺，不足百年之人谈什么千年万年兴亡之事。

有年秋深时节，偶入兴善寺，看过金刚殿和千手千眼观音殿，在后院见得数株银杏，即白果树。其扇形叶片飘落满地，黄黄的灿若明霞。

圣殿

　　我的思想有时会闪现这样一个念头，即房子形态的意义，以及它在变更中的趣味。我们短促生存的寄宿处，曾经是土窑洞，是泥瓦屋，是楼房。也见过老庙和城门楼，以及皇宫与殿堂。我胡思乱想，人类在建筑方面的创造，与蚂蚁的劳作大同小异，却也有天壤之别。随着时间的流逝，一个又一个百年过去，能够幸而遗留下来的也许只有建筑。远远近近的建筑，高高低低的建筑，是尘世的依据。而我的心中所仰慕的圣殿，则是类似博物馆一类的建筑物。

　　在古都小寨东路与翠华路的交汇处，曾经是一片绿油油的菜地。后来，眼见它生长起一棵巨大无朋的历史之树。即使爬上高高的大雁塔去俯瞰它，也不敢小瞧了它的雄沉与伟岸。你即使没有踏入它的门槛，饱览它所囊括的浩如烟海而又傲视群峰的稀世藏品，也会被它广阔的屋顶和庄严的框架外观以及显赫的门面所震慑。是历史守望于此，坐北面南，迎送着每一颗新鲜的太阳，从东到西，自升至落。也迎送着不同年龄不同国度不同品质的芸芸众生，潜入他们的精神空间。

　　我想问大门前的一池清水，你该是历史的一个奇妙的寓意，是透明的又是混沌的，是流动的又是沉寂的。我们走入圣殿其间，历史既虚无又真切，既抽象又具体，你既是学富五车，也会像小孩子一样天真而无知。这里陈列的岂止是我们引以为豪甚至于狂妄加失落感的周秦汉唐，也陈列着我们的自省与梦想。游走在这历史的隧道里，尽管有现代化的照明及通风防腐设施，我们依然有一种充实之外的惊恐，一种灵魂的摸索与缺氧。

　　且听听铜器无声的歌唱，礼乐兵马，凤柱鱼灯，有喧腾也有光焰。墓葬壁画从尘封的土地深处走来，在这圣殿中活生生地演绎着仪卫和狩猎的景观。西域胡人和骆驼，在釉陶三彩中凝固了传说，也见证着那些时代的劳动生活和文化的事实。瓦当石刻，是久远了的建筑垃圾，如今成了尚古的珍藏。铜镜不知收藏了多少人间的表情，吉祥或凶险都化作了过眼烟云。金银玉器，各式货币，从来被视为人间宝物，今日乃金钱世事，这东西无疑又升值了。

　　这是圣殿，展示着人类文明进程的缩影，也把物欲的膨胀和精神的修炼凝为一体显现给后人看。是的，这同时也可以被当作大房子看，但它不同于敬神造鬼的庙宇，供奉的是岁月老人留下的实物和影子。我们微不足道的个体生命，与这里的一切实物也似乎没有多大关系，要说价值估的是它的精神指引。我们从哪里来，到哪里去，我们现在正在做什么，做得怎么样，在这圣殿中温习的功课，在等待不同的人生答案。

我从博物馆门前走过，心情是一片秋色，更是一片春色。我们是岁月的孩子，接受着历史之手的抚摸，然后渐次长大，变老，直到死去，成为微乎其微的历史的碎片。所以我们信仰着这里，这是我们心中永不坍塌的圣殿。

碑林

　　到西安有什么好看的？无非是先看老古董，如秦兵马俑、唐大雁塔、碑林和古城墙。如果在秦俑馆你会感到雄风扑面，登上雁塔有一种欲飞的想象，在城墙上漫步感到脚步的沉着的话，那么在碑林中徜徉时你一定觉得如入禅境，躲进石头做的书页里去做一个千载难逢的好梦。

　　碑林立在这儿、生长在这儿是有一千年了。石头没有多大变化，也不会说话，但依傍石头之林的古槐老柏会清晰地记录下自然时序的更递，甚至于曾经的每一缕阳光与风雨。碑林也在忠实地守护着它的承载物，记忆并证明着历史文化的一笔一画，即使让时光弄损了那一张张原本清白隽秀的脸，也不曾改变其真诚而生动的内容。即使身边拄着拐杖的古树倒下了，腐烂了，化成了泥土，石头之书仍旧会顽强地存在下去，面对未来的人类诉说衷肠。

　　你来得不早也不晚，在你所生活的时代的某一个年龄段，同学少年或风烛残年，成群结队或孤独一人，这都没什么。是春是夏，也许是秋是冬，是早晨，也许是正午或黄昏，也都没什么。你来到了西安城南，让兴奋或疲惫的旅情借古城墙靠一靠、歇一歇，先别忙着顾及周围让人眼花缭乱的古董书画摊，轻松又清醒地进入碑林大门，以朝拜似的敬意步入石书的殿堂，这才是所谓的正经事。它的门楼不高，或许与周围的门面或屋脊区别不大，却是庭院深深，藏龙卧虎，尤其是书法艺术库存更是浩如烟海。

碑林正面是古树掩映的"孔庙"照壁，位于小巷北侧，一般游客是不大注意到的，据说是清代书画家刘晖手迹。唐时的孔庙在西隅国子监附近，宋朝年间迁址这里，使文庙、碑林、府学同在一处。庄严的正门面西，通常是关闭着的，游客大多是从东门进出的。现在的碑林多是明清时的建筑，中国传统式的中贯轴线，左右对称，布局严谨，气势恢宏。如两庑、戟门、棂星门、泮水桥、太和元气坊、碑亭等，仍保留着原先的模样，古朴而隽永。

碑林前院两侧长长的屋舍，原本是历史博物馆的展览厅，周秦汉唐，宋元明清，漫长而丰厚的历史遗存精华经过浓缩，被挤在狭窄局促的角落里，实在是委屈了先人们若干年。前多年光顾过这里的人们，可能还依稀有一种库房似的窝屈的印象。后来，也正是从这母性的地方，孕育出一个硕大威武的历史博物馆，雄峙于今天的大雁塔西北侧，展示着陕西历史文化的独特丰姿。如同房地产的发展，几千年历史的遗产也从简易的小平房迁居阔绰的殿堂了。活着的人需要居住环境的改善，人类发展中不灭的遗存物也当享受现代文明的居住环境，以养育一代代人类子孙的精神和心灵世界。

真正进入碑林的世界，是院落的中后院。有一片相对开阔的小广场，正面的碑亭大方秀美，"碑林"二字很醒目。穿过碑廊、墓志廊，漫步于一座座碑室里，能亲近琳琅满目的各式碑刻，有一种从远古而至的笔墨与刀石连同创造者呼吸的气息直扑面颊，浸入心灵的泥土。文字借着石碑留存下来，是一种独特的文化传承形式。先秦到汉代，甲骨、钟鼎相继被碑刻取代，以它的形制与文字性质分，有碑、墓志、石经、刻帖等品类。这里所藏的有晋《司马芳残碑》、前秦《广武将军碑》、隋《孟显达碑》、唐《皇甫诞碑》和《玄秘塔碑》一类墓碑，有北魏《晖福寺碑》及唐《集王书圣教序碑》、《孔子庙堂碑》等寺庙碑，功德碑则首推汉《曹全碑》和唐《述圣颂》。杂刻碑如《大观圣作碑》《兴庆宫残图》《松鹤图》，或诏敕、地图、线刻画，形式多样，各呈其采。墓碑有过向墓志的过渡期，

《元桢墓志》《李寿墓志》堪称精品。这里所藏的儒家经典和佛道经刻，如唐《开成石经》，由 114 方巨石组成，可谓大观。宋朝兴起的刻帖，将名家书法刻于碑版之上，如《淳化阁帖》《黄庭坚诗帖》，其文采书风都是上乘的。

留在纸上的墨迹，有耐活时光的限度，一旦被刻上石碑，则流传久远，且更具真实可信性。在它的史学价值之外，书法艺术上的价值更堪称稀世之宝，面对篆书之《峄山碑》、隶书之《曹全碑》、行书之王羲之、草书之怀素、楷书之欧虞褚颜柳，领袖风范，百代流传，令人不得不生膜拜之情。这一幢幢石头组成的史册，记载的是瑰丽的中国历史文化，也留下了汉字书法艺术的真经。无论是识字的平民百姓，还是书法爱好者，都会视碑林为另一意义上的祖庭，满怀敬重，为之怦然心动。

步出绵密如织的碑林，走入石刻艺术馆的感觉当是粗犷与形体的鲜活。文字的意义相对抽象，而具象的石刻正好补充了感悟上的另一面。它的实在体积和雕刻技艺，给人以无穷的审美愉悦。雕法的圆、浮、透、平或线刻，显示出不同的风格样式。尤其是汉唐石刻的雄浑气势、丰厚蕴含，在中国乃到世界古代雕塑史上也是显赫的。其陵墓石刻，地上或地下的，实用或装饰性的，画像或图案，都是一样精美生动。仪卫性石刻的人、兽，如唐太宗昭陵墓前的六骏，体量硕大，造型十分肃穆。这里所展示的宗教石刻，以佛教为主，可以想见佛教自汉代传入中国后，除文字的传播外，"以像设教"的艺术形式是何等广泛。还有一些实用性的石刻，如灯、函、镇、碑首、拴马桩，都饰有精美雕刻。

走出历史长廊，站在今天的阳光下，清新的风会让你长长地做一次深呼吸。历史是这样走过来的，文化艺术是如此生长的，书法汉字的根和枝叶是这样的形状。佛教西来久矣，在碑林的经文里，在石刻的线条中。昭陵六骏中的"飒露紫""拳毛騧"，早在 20 世纪初那个月黑风高的夜里，在那片黄土原野上被外强掠走，如今流落在美国费城一座博物馆里。守在这里的四骏是被四分五裂后拼接在一块的，它们与其伙伴天各一方，也会有百年的思念吗？它们如果复活过来，它们倘若有思维，面对碑林里不同肤色的游客，会领悟时下的所谓"地球村"之世风吗？

哦，时空在变化，记忆在延续，你会与碑林道一声别，道一声珍重。

秦岭论语

当我们打开中国地图，注目于版图正中央的时候，就会惊奇地发现一座唯一自西向东的最高山脉，它便是秦岭。正是因为有了秦岭的存在，雄伟的北方与秀美的南方才有了分界线的依据，并由此形成黄河与长江的分水岭，徐徐展开了一幅相得益彰的壮丽的中国山水画卷。巍峨的秦岭，脉起昆仑，尾衔嵩岳，苍龙一样盘踞在华夏大地的中央。因为有秦岭的气候屏障和水源滋养，才会有八百里秦川的风调雨顺，周、秦、汉、唐的绝代风华。经历一次次磨难之后，这座与人类社会最繁盛的古代文明距离最近的山脉本该荡然无存，但它为何屹立不衰，至今仍保留着最自然的生态系统？

秦岭古称"南山"，《诗经》中有"节彼南山"。"秦岭"一词始见于《史记》，谓"秦岭天下之大阻也"。李四光认为，秦岭是东亚褶皱带中最坚强的一个，不仅决定着华中地质构造，且影响日本的构造形式。有专家把中国大地构造格架概括为"三横两竖两个三角"，其中一横是北部的天山—阴山—燕山，居于中部的则是昆仑—秦岭—大别山和南岭。秦岭北部的渭河，是黄河最大的支流。渭河发源于陇，流入关中后便接纳了秦岭北麓 72 峪的水流，在秦岭东端汇入晋陕峡谷中奔腾而下的黄河，折流东去。秦岭南部的汉江，是长江最大的支流。汉江发源于秦岭南麓的西端，一路东去，汇入跃出三峡的滚滚长江。发源于秦岭的汉江因南水北调而输送进京，这一带已成为首都的水源区。

秦岭东西横亘，挡住了从太平洋由东南往西北吹来的季风带来的水汽，也挡住了北方频频南下的寒流，使秦岭以北气候干旱，千沟万壑的黄土高原成为其典型的景观，而秦岭以南则降雨丰沛形成一派江南景象，汉中和四川盆地则完全享受着秦岭的庇护和恩惠。其实南北景观的分界，并不是从秦岭山顶的脊线开始的，因为高山能使气温降低，因此北方的植被等景观在秦岭南坡的某一海拔高度就开始出现了。在秦岭深山，便出现了"一山有四季，十里不同天"的奇观。人们所说的中国人的南北差异，譬如在饮食上北麦南稻、在交通上南船北马等现象，则是从秦岭南北出现的。秦岭之南，为什么有专吃竹叶的大熊猫，有离不开水田的珍稀鸟类朱鹮，还有羚牛和金丝猴；而秦岭之北，却见不到这些动物的踪影。动物学家认为，秦岭将动物区系划分为古北界和东洋界，是世界上少有的珍稀动物园。

秦岭蕴藏的物质能量，哺育了古长安繁华的京畿之地和富可偏安的陕南盆地，为历代统治者雄视百代的宏图大略提供了富足的物质保障。早在秦朝就在西出阿房宫的秦岭北麓修筑皇家花园，汉武帝常在秦岭北坡一线训练骑兵并修建了上林苑，而唐代皇家别墅就建在皇甫峪中。不仅皇家在此广筑园林，官绅亦追随其后，其中以王维的辋川别墅最负盛名。有人认为，如果仅从行政管理的效率考虑，陕西与四川的省界以秦岭的山脊为界比较合理，但历代统治者偏偏把自然和文化性质属于南方的秦岭以南的汉中盆地划归陕西，汉中就像是兵马俑伸进四川的一只脚。"栈阁北来连陇蜀"，秦岭间南北向的深切河谷，自古就是南北交通孔道。"千里栈道"在古代文化交流和经济来往上，都发挥了重要的作用。今天翻越秦岭沟通南北的铁路和公路，也都基本上是沿着这些河谷修筑的。穿越秦岭的宝成铁路以及西康铁路是中国铁道史上的一大壮举，西汉高速公路的建成通车更是 21 世纪的奇迹。

因为有秦岭的气候屏障和水源滋养，才会有八百里秦川的风调雨顺。南是秦岭，北是渭北高原，西是陇山，东是黄河。长安城千年文明的铸就和世界四大古都之一的显赫地位，当然与兵家必争之地的秦岭有着密不可分的联系。秦人出潼关，横扫六国，天下一统。

汉高祖的大军，是经过武关杀进关中灭了秦朝。蓝关道是唐朝发配京官南下的必经之路。公元 820 年，唐宪宗在法门寺大开水陆法会，韩愈感到耗资巨大弹劾此事，惹恼了皇帝，当日被免去长安市长并遭流放。时年 52 岁的韩愈走在这复返无望的路上，发出"云横秦岭家何在"的喟叹。北宋时岳家军与金兀术刀戈相向，而陆游的"铁马秋风大散关"，成为无数英雄的终极梦境。

《中国国家地理》单之蔷认为：陕西是中国的 DNA 库，秦俑和唐仕女就是中国审美的制造标准，秦岭是中国人的中央国家公园，太白山则是中国东部的雪山。李白有"西当太白有鸟道，可以横绝峨眉巅"，苏轼有"岩崖已奇绝，冰雪更璀璨"，祖咏有"终南阴岭秀，积雪浮云端。林表明霁色，城中增暮寒"的千古诗句。"一骑红尘妃子笑，无人知是荔枝来"，以及白居易笔下的"伐薪烧炭南山中"就发生在秦岭。"明修栈道，暗渡陈仓"，"诸葛亮木牛流马"，药王孙思邈采药的栈道等也在秦岭。秦岭道观与古寺数量之多，可谓"一片白云遮不住，满山红叶尽为僧"。玄奘被誉为"中国的佛"，他在生前称终南山为"众山之祖"，死后归葬的地方，一眼就能看见终南山。

为什么有人说，秦岭是中国的一叶肺？西周及春秋战国时期，秦岭北坡尚有较丰富的森林。唐时终南山上的森林仍不时受到称道。之后常绿阔叶与落叶阔叶混交林除局部地段有保存外，基本上已消失。同时，大片的人工林逐年增多，改变了原来的森林结构和外貌。秦岭被西安人称为城市的后花园，更是中国人的中央国家公园。这座和人类社会最繁盛的古代文明距离最近的山脉，竟然保留下来最自然的原生态。

华山，秦岭中东部一座著名的山峰。这座山峰命名为"华"，已暗合了华山作为坐标原点的地位，承载着华夏文明的地理、思想、政治、文化之矩。人类在繁衍生息过程中，逐水而居，水为人类提供了生存的物质基础，故黄河和长江被誉为中华民族母亲河。于是秦岭充当了界定南北这一自然法度和承载精神法度的父亲角色。这座父亲山从来没有被外族强虏所染指，即就是外来文化的佛教和基督教，也是被茫茫秦岭所吞没融入华夏文明之中。

在这座山脉北部的关中平原上，矗立着中华民族历史上最具影响力的几十个帝王的陵寝，对秦岭山脉意味着什么？秦岭付出了怎样的代价？到了近代，尤其是最近几十年间，人类生产力水平以惊人的速度提升，对自然的影响力和破坏力已经远远超乎自身的想象，地球生态系统已经变得面目全非。然而，秦岭却是一个例外。在经历一次次严重的人为干扰和破坏之后，秦岭依然能够保持其苍翠，依然庇护众多生灵于其博大的胸怀之中，依然位居全球生物多样性关键地区之一。在欧洲，与秦岭位置相似的阿尔卑斯山的大型野生动物早已被人类屠杀得一干二净。在中国文化中，人对自然始终充满敬畏和友善。

深秋，山民们将树上的果实并不摘尽，特意留一些给鸟和野兽吃。秦岭山民有着朴素的天人合一的认识，上苍赐予秦岭这份得天独厚的礼物，我们的内心充满感激与珍惜。

秦腔散语

牧马人的吼

"蒹葭苍苍，白露为霜。所谓伊人，在水一方。"出自《诗经》"秦风"篇之《蒹葭》，是 3000 年前秦地先民的歌曲。

那时的秦部落不过是一个小国，在今天的甘肃省陇西县。天水，山多水甜，坡缓草茂，在古代是非常理想的牧马之地。今天仍有关山牧场，只不过成了旅游的胜地罢了。先秦的人们在牧马时，隔山相呼，隔沟而喊，高兴时而唱，悲愤时而吼，久而久之，形成一种腔调，一种音乐艺术，这便是最初的秦之腔。

试想，强悍的秦军，一定是吼着秦腔浴血奋战的。随着秦人定居关中，秦腔便渐渐成为中国戏曲文化发展最早的剧种了。那个擅写小篆的李斯在《谏逐客书》中道："夫击瓮叩缶，弹筝搏髀，而歌呼呜呜快耳者，真秦之声也。"

"酒神颂"是古希腊的一种民间歌舞，是祭祀，更是狂欢的节目。酒神，当然是农业社会的产物，不种植粮食，何以酿酒？不酿酒，哪来的酒神？类似酒神颂的秦腔，是长久以来在秦地流传的音乐、舞蹈、俳优戏的基础上形成的。所谓"秦俳赵讴"之说，证明秦地以戏乐表演的艺术见长，而赵地则以唱歌舞蹈见长。

秦朝的一个乡叫长安，后来成了汉唐首都的名字。关西大汉击节而起，慷慨悲歌，声震寰宇，吼的就是秦腔。刘邦的"大风起兮云飞扬"，想必也是用秦腔吼出来的，不然没有那么大的势。汉代，在民间出现了具表演成分的"角抵戏"，如《东海黄公》。

唐代，仅有歌舞戏及滑稽剧。唐玄宗李隆基算得上一个真正的秦腔票友，这位皇帝曾经专门设立了培养演唱子弟的梨园，既演唱宫廷乐曲也演唱民间歌曲。"回眸一笑百媚生"的杨贵妃，也是顶尖级的音乐家、舞蹈家。而当时梨园的乐师李龟年，原本就是陕西民间艺人，也是当时秦腔界的超级大腕。他所作的《秦王破阵乐》称为秦王腔，简称"秦腔"。李白有诗"胡人吹玉笛，一半是秦声"。安禄山叛乱后，梨园子弟各奔东西，"秦腔"遂与民间乐舞结合，形成民间"秦腔"。

牧马人之吼，就这样穿越了千年。

莎士比亚与康海

明万历年间，武功出了个才子叫康海，他和户县王九思制乐作曲的散曲，也就是秦腔。除梆子腔外，"康王调"在户县、周至、武功一带流行。这时候，秦腔已经趋于成熟，六种唱腔、十三门角色都有严格的规矩。办堂会唱秦腔，曾经是关中一带的胜景。

大约生活在明代万历年间的莎士比亚，公元 1564 年 4 月 23 日生于英格兰斯特拉福镇。他与康海生活在同一时代，是伟大的英国剧作家、诗人，主要作品有《罗密欧与朱丽叶》《哈姆雷特》《麦克白》等。而康海的名气小，显然没有莎士比亚那样占尽风光。中国人知道莎士比亚，英国人未必知道康海。

周代以来，关中地区就被称为"秦"，秦之腔，秦腔也。因以枣木梆子为击节乐器，又叫"梆子腔"，因以梆击节时发出"桄桄"声，俗称"桄桄子"。康海的调儿，也万变不离其宗。

12 世纪到 13 世纪初，逐渐产生了职业艺术和商业性的演出团体，产生了反映市民生活和观点的宋杂剧和金院本，如关汉卿的《窦娥冤》、马致远的《汉宫秋》以及纪君祥的《赵氏孤儿大报仇》

等作品。16 世纪中叶，江南兴起了昆腔，产生了《十五贯》《占花魁》等戏曲剧目。明代万历间《钵中莲》传奇抄本中，有一段注明用"西秦腔二犯"的唱腔演唱的唱词，且都是上下句的七言体，甘肃古称西秦，故名之。事实上，里面的很多曲牌都是当时的民间小调。

20 世纪 50 年代，甘肃基层干部在河西走廊考察戏曲时，在高台一所庙宇里的一根旗杆斗子上，发现了明代洪武年间的一本"万宝录"，这是一本唱什么戏都可通用的官诗、官对子、官乱弹的本本，还有一个牛笼嘴式的大碗油灯，即是当时晚间演戏时戏台口挂的油灯。

康海的明朝，秦腔是走运的，在中国戏曲平台上是有名分的。尽管，那时候的莎士比亚后来很有名，唱秦腔的康海和周围人也未必知道他是谁。

李自成"乱弹"

促使秦腔在明末清初大流传的因素，除了秦腔艺人长期的演出、秦商不断走向各地的贸易，另一个重要因素就是从陕西爆发并发展到全国的农民战争，李自成起义当功不可没。

据同州梆子老艺人王谋儿等口述，李自成农民起义军在大荔和蒲城之间的孝同练兵时，就以同州梆子为军戏。大荔曾流传民谚："坡南出了个驴子欢（即吕志谦，同州梆子名艺人），一声就能吼破天。不唱戏，没盘缠，跟上李瞎子（李自成）过潼关，唱红了南京和燕山。"

李自成原来就是一个"乐户"，他领导的农民起义军在转战途中，把秦腔作为文化宣传工具，随军演唱，畅述乡情民意，还在军中设立了秦腔剧团。进京后，当时京师盛行昆曲，李自成召来当红明星陈圆圆歌唱，但他听不惯吴歌，遂命群姬唱"西调"，即西秦腔，操阮筝、琥珀（月琴），享受自己熟悉的秦腔，惬意之处，拍掌和之，繁音激楚，热耳酸心。

另一位起义领袖张献忠，也在战争中经常"唱戏欢饮"，有时随陕北旧俗，一唱就是几天几夜。正是这些农民起义军的南北转战，使秦腔广泛流布，进而出现了清代的大盛行，后人便有了"秦声激越，多杀伐之声"的评述。

李自成是陕西米脂人，他表演的不能说是一个剧种，而是一个曲种，秦腔当时应该是一种曲艺形式，乱弹也。"乱弹"一词在我国戏曲声腔中的含义很多，过去曾把昆曲、高腔之外的剧种都叫

"乱弹"，也曾把京剧称为"乱弹"，也有如温州乱弹、河北乱弹，更多的仍用在以秦腔为先、为主的梆子腔系统的总称上。从清初刘献廷的《广阳杂记》卷三"秦犹新声，有名乱弹者，其声甚散而哀"可知，秦腔是形成于明末清初新兴的戏曲品种。

魏长生进京

秦腔艺人中最杰出的是魏长生，字婉卿，排行第三，又称魏三，四川金堂人。他所唱的秦腔，又被称为琴腔、西秦腔、梆子腔、甘肃调等，即那种蜀谓之"乱弹"的秦腔。

清代乾隆四十四年（1779年），魏长生以技艺卓群名动朝野，在京华剧坛上大开蜀伶之风。王公显贵先睹为快，门票值陡增五斗米。京畿其他剧遂无人问津，几绝其种，伶人竞投魏门。乾隆怒了，拘魏入宫，令其改归昆、弋两腔。魏长生虽说为戏子，但依然不改秦人的刚直之气，竟以平素习秦音，不擅长其他省的音调来回答，这一下忤逆龙颜，获罪递解出京。

嘉庆六年，魏长生再至京都，复擎秦腔旗帜。当时禁令未解，因其名声大的缘故，准演御点《背娃入府》一出为限。幕闭，魏三泪洗粉面，叹息道："吾誓圆也!"场内掌声雷动，久勿稍息。谢幕时，众抬魏三端坐于椅，观者莫知，魏三已溘然长逝。

程砚秋 1950 年 2 月 9 日致周扬的信中说："中国的戏剧，一个来源是起自东南，另一个来源是起于西北。西北的戏剧，主要是秦腔。提起秦腔，不由使人联想到魏长生。魏长生所演的秦腔是什么样子？我们不曾看见过，但从《燕南小谱》一类的书上看来，可以断定其唱法是很低柔的。"

这说明魏长生所唱的秦腔，并不是以吼见著的秦腔。唱法低柔，性情高刚，艺比命大，这就是魏三，可谓德艺双馨。

断头台上吼秦腔

西北山大沟深，生活艰苦，又历来为争战之地，从《诗经》之《秦风》到南北朝的《陇头流水》，到唐代的边塞诗，到明清的民歌，都体现着一种豪放奇丽、苍凉悲壮的情调。

董福祥，固原人，从小喜好秦腔。同治元年，他不甘污吏渔民，揭竿而起。每次打仗列阵前，军士必齐吼秦腔，声若雷动，士气因之大振。后来，遭小人构陷，落入左宗棠之手，被五花大绑押至中军帐，董福祥依然昂首挺胸，其势凛凛然不可犯。

临刑，以为《锁五龙》差强舒胸中块垒，遂歌戏文。操刀者面有惧色，莫敢仰视。唱到"雄信本是奇男子"句，左宗棠亦为之一震，急离座降阶，亲为松绑。庚子年间，董痛击八国联军，夷卒咸知擅歌剧之董将军乃奇人，争避其锋。

昏庸当道，西后终削董职。董福祥归乡后，不事农商，专意收名角高徒，自养戏班，以秦腔自娱，终老未易其好。

如果说是这曲调后来演化成了秦腔，倒不如说是这唱法创造了秦腔独有的表达方式。剧目大都表现历史重大题材或独特生活情趣，音乐出自陕甘人耿直爽朗、慷慨好义的性格，加上秦腔艺人逐渐创造出一套比较完整的表演技巧，影响到京剧的形成，而被尊为梆子腔的鼻祖。

梅兰芳、鲁迅与易俗社

梅兰芳在"五四"前夕演出了《邓霞姑》《一缕麻》等宣传民主思想的时装新戏，周信芳、程砚秋等也都创作了不少作品。从五四运动起，一些有志之士对戏曲进行了改革。

西安易俗社原名"陕西伶学社"，是著名的秦腔科班，被公认为是世界艺坛三大古老剧社之一。1912 年 8 月，以陕西省修史局总纂蒲城人李桐轩、修纂临潼人孙仁玉和乾县人范紫东等人为核心，创办了"易俗社"，以移风易俗为宗旨，对秦腔剧目、音乐唱腔、表演艺术、导演、舞台设计等方面进行了革新，并大量编演反映资产阶级民主革命的新剧目。在此影响下，外省都相继成立了仿易俗社建制的戏曲团体。如山东、河北、天津的易俗社，甘肃的化俗学社、平乐学社，宁夏的觉民学社等。

1924 年，鲁迅到西安讲学期间五次观摩易俗社的演出，题"古调独弹"匾额相赠，并捐献 50 元讲学金。鲁迅是因想写一部有关唐玄宗与杨贵妃的爱情小说而来西安的，皇城的废墟令他失望，甚至连天空也不是唐朝的天空了。鲁迅曾在追述家乡绍兴戏时认为，明末李自成闯荡天下是带着米脂的戏班子的，戏班子中有人流落到绍兴，于是就有了绍兴戏，故绍兴戏要比毗邻的嵊县越剧刚硬得多，实是秦腔的旁支兄弟。

到抗日战争爆发前夕，各个剧种都出现了一批高水平的优秀演员。京剧有余叔岩、言菊朋、梅兰芳等，川剧有周慕莲，汉剧有董瑶阶，湘剧有吴绍芝，秦腔有刘毓中，蒲剧有王存才等。易俗社

1937 年 6 月第二次赴北平，演出了新编历史剧《山河破碎》《还我河山》等剧目。

延安时代的秦腔

1938 年 4 月，陕甘宁边区工人代表大会组织戏曲专场晚会，演出了秦腔《五典坡》《二进宫》，毛泽东出席观看，对坐在身边的柯仲平说："要搞这种群众喜闻乐见的中国气派的形式。"剧团成立之初，条件异常艰苦，演出连个照明的汽灯都没有。柯仲平去找毛主席，主席当即从自己《论持久战》稿费中拿出 300 大洋，给了柯仲平。

剧作家马健翎创作出了方言话剧《国魂》，在延安抗日军政大学试演时，毛主席也来观看，他对马健翎说："你这个戏写得很成功，很好，如果把它改为秦腔，作用就大了。"马健翎很快便将《国魂》改成了秦腔。有一年，中央给毛、刘、周、朱等集体过寿，"寿星"包括伙夫、马夫和中央机关所有 50 岁以上的人，看的是秦腔专场演出。

1947 年 4 月间，陕甘宁边区民众剧团正式集体参了军，成为彭总领导下的西北野战军的一部分。在陇东战役中，由于当地水资源奇缺，彭总说："我建议可不可以优待一下剧团的同志，给他们多喝一点水？因为他们不光是行军，还要演戏、唱歌、做宣传鼓动工作。"在新解放区洛川县演出《穷人恨》时，天下起了雨，而彭总仍然冒雨前来再次观看，并于当晚给剧团写了一封热情洋溢的信：你们演出的《穷人恨》，成为发动群众组织起来的有力武器。

王震将军多次观看《血泪仇》《穷人恨》后，曾给马健翎写了一封激动人心的信，由中共中央西北局宣传部长李卓然同志转交马健翎。

碗碗腔

碗碗腔，曾用名华剧，是流行于陕西东部及陕北、陕南、晋南一带的皮影戏。从清乾隆年间剧作家李十三起，碗碗腔已相当流行，各种唱板齐备，说明碗腕腔的产生形成和发展，至少经历了300年以上的历史。

碗碗腔的音乐特色是细腻、幽雅、耐人听闻。它不但有独特、悠扬、清丽的音乐，而且有抒情、优美、感人的唱腔，表达生、旦、净、丑各个行当和各种不同人物的复杂感情。尤其采腔中"花花腔"

"叠腔"，"慢板"及"紧板"中"三不齐"即西厢调的唱法，显示出碗碗腔比较齐全的板路和丰富的声腔艺术。

李十三的碗碗腔剧目"十大本"，简称"佩配庙钗真，宫莲媒驹庵"。已抄录在卷和出版的就有240多种，其中最出名而经常上演的有《金琬钗》《香莲佩》《火焰驹》等。碗碗腔的名艺人，在二华即华阴、华县有史长财、段转窝，大荔有张立儿、疙顶，渭南有参苗子、齐喜、王曼、一杆旗即杜升初。民间流传说："齐喜王曼参苗子，一杆旗歪脖子。"

阿房宫遗响

遏宫腔，亦称阿宫腔，因唱腔具有翻高遏低的艺术特点而得名，来源于富平一带流行的灯影戏。民间传说，阿宫腔是由秦朝阿房宫歌女所唱的曲调流传衍变而来，项羽入咸阳，火焚阿房宫，宫娥、内侍、歌女逃出，所唱曲调也随之带至民间。阿宫腔特点是拖腔带有"噫咽"之音。这"噫咽"之音就是宫娥、内侍语音的遗响。有学者认为"阿宫"实为"遏工"，即在唱腔上所独具的遏止功夫，与原秦腔唱调相比，有"三放"（指秦腔的拖音）不及"一遏"的艺术效果。再一种认为唱腔遏到了"宫调"上，故名"遏宫腔"。

阿宫腔的唱腔和音乐比秦腔细腻，较眉户、碗碗腔刚劲，不沉不噪，激越委婉，以刻画剧中人物的心理变化见长。阿宫腔曲牌多达 400 支，开场必奏"十样景"，这是由 10 种以上曲牌合奏的。未看戏，先闻其声，吹打乐别具一格。

据老艺人段天焕回忆，清嘉庆、道光年间，阿宫腔已由礼泉传播到渭北一带，演出的剧目有《范雎相秦》等。至清同治年间，富平县有金盆子、金马驹、陈相公等阿宫腔皮影班。陈相公是富平县曹村西头村人，是有名的文武"签手"。清光绪年间，常来富平演出的阿宫腔皮影班有乾县的任相公、临潼的赵相公。清末民初，阿宫腔班社有三原的王仓、礼泉的有娃子、富平的乔娃子。1929 年以后，阿宫腔成为富平独有的剧种。

1940 年前后，连年天灾，阿宫腔戏班相继解散，仅有段天焕一个戏班艰难挣扎到新中国成立。1952 年在焕子娃班基础上成立了富平县群乐皮影社，即富平县阿宫腔皮影剧团。1958 年搬上大舞台，《三姑娘》参加了 1987 年陕西省首届艺术节，获得了头名金牌。富平县阿宫腔剧团既演阿宫戏又演秦腔，富平县阿宫腔皮影剧团则一直演的是阿宫戏。"噫咽"之声，回肠荡气，不绝于耳。

昆曲与秦腔

昆曲，元末明初之际（14 世纪中叶）产生于江苏昆山一带，它与起源于浙江的海盐腔、余姚腔和起源于江西的弋阳腔合称明代四大声腔，同属南戏系统。到万历末年，由于昆班的广泛演出活动，经扬州传入北京、湖南。明末清初，昆曲又流传到四川、贵州和广东等地。昆曲本来是以苏州的吴语语音为载体的，但在传入各地之后，便与各地的方言和民间音乐相结合，衍变出众多的流派，成为具有代表性的戏曲。至清朝乾隆年间，昆曲的发展进入了全盛时期。

魏长生在北京演出获得成功后，于乾隆五十三年（1788 年）带着秦腔班，经河北、天津、山东到达扬州，在江鹤亭演剧一出，赠以千金。在扬州连演四年，出现了"到处笙箫，尽唱魏三之句"的情景。乾隆五十五年（1790 年）离开扬州，秦腔班在三年的时间内相继在苏、浙、赣、皖、鄂、湘、川等地演出后，又回到成都。嘉庆五年（1800 年）魏长生第三次从四川到北京演出。

秦腔本来是陕西各路梆子的总称，后来习惯地指西安秦腔。流入北京后，曾和昆山腔、弋阳腔、柳子腔等被誉为全国戏曲的所谓南昆、北弋、东柳、西梆的"四大声腔"。西梆自然是大西北广为流传的梆子腔，也就是秦腔。

从戏曲剧种的分布来看，昆剧在上海、南京、浙江、湖南有相当的观众基础。弋阳腔在北方扎根，在江南一带的流传也主要是在许多北方语系的地区。柳子腔，包括柳琴戏，虽流行于河南、苏北、冀南、皖北等地，但重要的活动还是在山东的曲阜、泰安、临沂。秦腔，即山陕梆子，至今在北方盛行，尤其在陕西、甘肃、宁夏等地有着更深厚、更古老的精神根基和更广泛的观众群。

台湾乡音

最早去台湾的陕西人，当数明永历年间的马信将军。马信是陕西人，原为清台州守将，后投效郑成功"反清复明"，采取寓兵于农的开拓政策，率陕西子弟兵来到台湾彰化垦殖定居，繁衍至今。彰化秀水乡有个陕西村，村民大都是追随马信将军的陕西子弟兵的后裔。他们演唱的村戏无论在琴技、拉板、唱法上都与秦腔相去无几。国民党溃败台湾时，也有为数不少的陕西人去了台湾。

台湾有不少地域性的民间秦腔研究团体，如"中北部地区旅台陕人秦腔研究社""中部地区秦腔研究社"等。台湾各地的陕西人经常邀宴同乡，《张连卖布》《苏武牧羊》《三娘教子》等秦腔传统剧目清唱，是席间不可少的助兴节目，还常常演唱自编的《乌面将军》《陕西村乡亲》等。

追随辛亥革命元老于右任数十年的王汝南，曾当选过第一届国民大会代表，是大荔安仁镇西太平村人。他嗜爱秦腔，倡导乡邦文化，在当时的秦腔"自乐班"基础上成立"大河秦腔团"，1961 年经台湾省政府批准创办"秦腔业余研究社"。于右任诞辰 100 周年，旅台的陕西乡党在台北举行纪念活动，马静亭便演唱了秦腔。

1982 年 5 月，由陕西人捐资修建的"陕西文物馆"在彰化秀水乡陕西村建成。台北的"大西北秦腔研究社实验剧团"在落成典礼上，献演秦腔《二进宫》《杀庙》《柜中缘》《白蛇传》。登台演员大都是十多岁的童子，有的并非陕西子弟，除了道白外都是腔圆音纯。乡音绕耳，怎不忆长安！

易俗社剧作班子

易俗社的创作机构由王伯明、李桐轩、孙仁玉、范紫东、高培支、卢缙青、李约祉、李仪祉、王绍猷、李干臣、胡文卿、吕仲南、王辅丞、封至模、冯杰三、樊仰山等剧作家组成，创作改编大小剧本 500 余本，另有资料显示为 800 多本，不少已成为优秀保留剧目，如《吕四娘》《三滴血》《火焰驹》《柜中缘》等。

李桐轩，生于 1860 年，卒于 1932 年，祖籍蒲城，肄业于三原宏道书院。早年参加同盟会，后被聘为陕西修史局总纂等职。1912 年，与孙仁玉等发起创立易俗社，被推选为第一任社长。他重视戏曲的教育功能，认为："声满天下，遍达于妇孺之耳鼓眼帘，而有兴致、有趣味，印诸脑海最深者，其唯戏剧乎？"他先后创作了《一字狱》《天足会》《亡国痛》《人伦鉴》《鬼教育》《强项令》等 20 多部提倡科学民主的剧目。

孙仁玉，生于 1872 年，卒于 1934 年，祖籍临潼。家境贫寒，16 岁被聘为私塾教师，后考入泾阳书院，加入同盟会。清末中举却无心仕途，先后担任陕西宏道高等学堂等学校教师。在受聘担任陕西修史局修纂时，与李桐轩发起创办易俗社，并垫资 700 两白银作为经费。力主以排演新戏为主，剧社成立仅一个月就创作出提倡妇女放脚的《新女子顶嘴》。他编写大小剧本 160 多个，其中除 36 个大本戏外，其余是折子戏。《青梅传》《复汉图》《柜中缘》《将相和》《镇台念书》《看女》《白先生看病》《新小姑贤》《鸡大王》等是他的代表作。

范紫东，生于 1878 年，卒于 1954 年，祖籍乾县。早年考入三原宏道高等学堂，以优等第一名毕业，后在西安府中学任教，辛亥革命后被选为陕西省第一届议会议员。与李桐轩、孙仁玉等发起创办易俗社，先后任编辑主任、评议长等职。在 40 年的时间里，他共创作了 68 个剧本，《春闺考试》《软玉屏》《三滴血》《翰墨缘》《苏武牧羊》等是其中的代表作。《三滴血》取材于清人纪昀《阅微草堂笔记》，行当齐全，唱做并重，1919 年由易俗社首演，导演陈雨农、田畴易，主演为苏牖民、刘箴俗、刘毓中等。范紫东还在语言、金石、历史、地理等研究领域有不少建树，著有《关西方言钩沉》《乐学通论》《关西周秦石刻摹本》《地球运转之研究》《乾县县志》《永寿县志》等著述。后任西安文史研究馆馆长，1954 年考察秦始皇陵时患病，不久病故。

高培支，生于 1881 年，卒于 1960 年，祖籍富平。毕业于陕西高等学堂，辛亥革命后在西安各中学和师范学校担任国文、数学教师。与李桐轩、孙仁玉等发起创建易俗社，共创作了 54 部戏曲作品，《鸳鸯剑》《鸦片战事》《二郎庙》《亡国影》《崖山泪》等成为易俗社常演的剧目。他曾 4 次担任社长，长达 14 年，不领取易俗社的薪金，仅靠他在其他学校教课的收入维持生活。

封至模，剧作家、导演、表演艺术家，精通话剧、京剧、秦腔。他撰写了《秦腔声韵初探》《中国戏曲大词典》《秦腔剧目汇考》等专著，联系灌制了最早的秦腔唱片，还是舞美设计家和剧场改革家。在北平国立美术专科学校求学时，他和话剧先驱陈大悲、熊佛西等人组织了我国第一个话剧团体"北京实验话剧社"，演出中外名剧，在《幽兰女士》中扮演主角，李健吾扮演侍女。出版《实验戏剧月刊》，创立了"北平戏剧专科学校"，参加了齐如山、梅兰芳、余叔岩等组织的"国剧协会"，结识了程砚秋、荀慧生、尚小云等四大名旦，参加演出的有《拾玉镯》《贵妃醉酒》等。他回陕西后，与京剧名票友李游鹤、李逸僧等组织"广益娱乐社"，在组织演出京剧的同时，学习秦腔《杀狗》《慈云庵》《入洞房》等戏，又和周伯勋、刘尚达、张寒晖等人组织成立了"实验话剧团"，演出易卜生的《娜拉》和果戈理的《钦差大臣》等名剧。1931 年，封至模正式加入易俗社，任编剧、训育主任等职。他借鉴了话剧、京剧甚至电影的表现方式，在易俗社创作改编导排了 50 多部戏，如唤起民众抗日救国的历史剧《山河破碎》和《还我河山》等。1938 年以后，封至模因故离开了易俗社，和刘仲秋等人创办了"夏声戏剧学校"，一些难童便成为夏声的学生。新中国成立后，封至模参加导排了《游龟山》《游西湖》《火焰驹》等秦腔名剧。晚年著书立说，20 余万字的《中国戏曲大词典》未能出版。他在《八十寿序》中写道："我一生为许多艺人作序，然而有谁为我写序呢？只好自己为自己写序了。"

杨公愚与斯曼尼

杨公愚，西安南郊丈八沟乡双水磨村人，生于 1916 年。6 岁时他就读于私塾，学会唱几板秦腔乱弹。1936 年，双亲相继去世，家境败落，到西安师范学校当工友，经常到易俗社买个站票，通宵看大本戏，演出的剧目他几乎看了个遍。陈元方、苏一平在师范学校就读，是当时的学运领袖人物。爱好文学和戏曲的杨公愚，成为学生运动中的积极分子，被保送到泾阳县云阳镇安吴堡青训班学习，起名曰斯曼尼。这个洋名字，传说是从报纸上随意拣了几个字凑成的。

抗大毕业后，他被分配到云阳镇中共陕西省委秘书处担任秘书。有一次，舞台设在城隍庙戏楼上，他自编的《抓汉奸》《壮丁监》等秦腔戏排在最后压轴，场面火爆。当时的省委书记欧阳钦非常感动，当下拍板，让斯曼尼创办一个剧团。83名干部和勤杂人员自动报名，又吸纳了一些当地自乐班成员，成立了"七月剧团"。后与"关中警卫剧团"合并为"八一剧团"。杨公愚任行政领导，还是集编、导、演于一身的戏剧全才，他和赵伯平合作编写了《新考试》《祁半仙》《特种学校》等剧，自导自演。他改编导演了秦腔名剧《三滴血》，扮演晋信书，在延安演出的时候，毛泽东和中央领导都去观看。1944年，他到绥德分区文工团任团长，把7个旧戏班、15个皮影戏班和近200名说书艺人团结到民主政府周围。1949年春季，柯仲平率领西北文艺界的各路精英如马健翎、周文、柳青、石鲁等人赴北京参加新中国第一届文代会，到达绥德后，宣布成绩卓著的斯曼尼为绥德分区的代表，一起东渡黄河奔赴北京。

杨公愚从文代会上返回西安，被派往易俗社担任党代表，当年便被选为社长。他从制度、人员和剧目三个方面进行改革，成立了新生部，招收了陈妙华、全巧民等60余名新生，聘请了王文鹏、安鸿印、晋福长等教师，招聘了孟遏云、肖若兰、赵桂兰这些已卓有成就的女演员。他还建立了导演制，请来黄俊耀、张云等用新的导演方法排戏，上演了大量优秀传统剧目、新编历史剧和现代剧，如《双锦衣》《夺锦楼》《韩宝英》《妇女代表》等。范紫东的《三滴血》戏剧性强，有些因果报应的嫌疑，戏也过长，于是先请范紫东改编了一些情节，又组织姜炳泰、谢迈千等人参加修改。电影《火焰驹》编导组，也是由杨公愚主持的。

1959 年组建的陕西省戏曲演出团，由省委领导赵守一任团长，副团长有马健翎、杨公愚等人。参加国庆献礼演出的剧目，是省戏曲研究院的《游西湖》和易俗社的《三滴血》。到京演出后，受到周恩来的接见，称赞这是继昆曲《十五贯》之后的又一台好戏。接着，秦腔开始了巡演 13 省市、历时 19 个月、行程达 2 万余里的壮举。

到 80 年代，杨公愚接任诗人戈壁舟的西安市文联主席一职，当时的办公地址在教场门的警备区招待所。笔者也是在杨主席的感召下加盟文联的，说到斯曼尼，周围知晓的人不多。1989 年，杨公愚病逝。

知音王洛宾

有这样一个故事，转述如下。

王洛宾，曾被说成词艳曲靡，投进了牛棚。多年不见天日，死的想法都有了，有一天便悬绳于梁。此时，有一个牧羊人路过这里，如泣如诉的秦腔吼声传到了牛棚里。王洛宾听了，惊愕不已，竟忘记了投环自尽。心想，秦腔古朴激越，今天我还没有将此美妙的旋律谱入歌谣，怎么敢弃世呢？从此，便潜心秦腔音乐，每天早晨黄昏必候羊群路过后墙，琢磨几句。

后来，王洛宾获得自由，寻觅牧羊人，行拜师礼。牧羊人受宠若惊，你不就是那个西部歌王吗？牧羊人祖籍长安，支边西域，因性情介直，冒犯了领导，便以劳役惩罚他。二人谈兴甚浓，牧羊人拿出皮囊酒对饮，佐以葡萄干。王洛宾微醺，唱了一首他的《在那遥远的地方》作谢，说他要到远处去了，请牧羊人唱一折秦腔共娱。牧羊人清清喉咙，拉开架势，唱了一折"白人白马白旗号"，王洛宾被感动得落了泪，感叹说，西北旷野如果没有秦腔，还有什么可以激荡这片天地？若没有这样的呼啸，还有什么可以舒我胸垒？

此时，羊犬环绕在周围，它们似乎也能听懂秦腔。

话剧、舞剧及歌剧也吼秦腔

北京人艺导演林兆华给陈忠实打电话，告诉他话剧《白鹿原》

再次在京公演，包括濮存昕、郭达、宋丹丹等在内的主创人员都已集中排练，学说陕西方言。陕西华阴老腔此次在《白鹿原》中的演出将保持原班人马，原汁原味。陈忠实说，聊天下棋吼秦腔，五谷杂粮最养人。

相继在北京保利剧院、西安人民剧院和北京大学讲堂公演的现代舞剧《白鹿原》中，也别具一格吼了几声秦腔。

歌剧《秦始皇》的作曲谭盾，从博物馆找到了秦代音乐史料，发现是拍着胸脯、拍着腿唱的"呜呼呜呼"，充满与土地的感情。他设想"秦国爱乐乐团"将有120人的合唱团和14个鼓手，用石头、瓦的击打来传达大地之声，并设计了一个京剧环节，到了高潮时段则突然讲起了英文。

这天，主演《人鱼小姐》的韩国演员张瑞希出现在人民大会堂，为清装剧《庚子风云》造势。张瑞希扮演一位秦腔艺人，得学唱秦腔。

古老与现代

在秦腔这棵古树上，如今开出了最现代的艺术之花。

陕西出产的艺术大腕张艺谋和赵季平，受秦腔恩泽颇深。他们的电影作品有一种秦腔的味道，充满秦人的精气神。《红高粱》颠轿的场面激然血性，"妹妹你大胆地往前走"风靡一时。《秋菊打官司》中，一些地方直接采用秦腔。在《英雄》里，秦兵则高呼："风，风，大风！"如果没有秦腔，老谋子会失色不少。歌手郑钧签约百代唱片后的首张专辑杀青，请赵季平和秦腔专家作指导，《爱不当》的单曲以秦腔的花脸唱法先声夺人，配器也加入秦腔打击乐的元素，秦腔竟成了时尚。

中国戏曲是以歌舞演故事的，在表现形式上由音乐唱腔和行动做派两大元素组成。清末民初出现了"时装戏"，也称"文明戏"，之后有了现代戏。建国初在秦腔音乐上作了一些改革，有人就喊"京不京，秦不秦"。排样板戏用了洋乐器，有人说"中不中，西不西"。到了现阶段却举步维艰，有人说是形式出了问题。

上海淮剧团的"都市新淮剧"《金龙与蜉蝣》或《西楚霸王》，也没有追"豪华包装"之风，以一种自然的由内而外的"都市感"和"现代性"取胜，自然是中国戏剧的一种自我保护方略。

2002年5月的一个夜晚，在西安一家秦腔茶社里，美国音乐家罗斯威尔听到了他向往已久的秦腔。罗斯威尔对中国传统艺术非常着迷，在北京结识了音乐家刘索拉，便专程来到西安。在观赏了李小锋表演的秦腔经典曲目《打柴劝弟》《周仁回府》后，罗斯威尔冲上舞台，用长号伴奏，合作了一出爵士版秦腔。

梅派第二代传人梅葆玖，携爱徒胡文阁来到古城，"叫板秦腔四大名旦"。在易俗社，他们与秦腔四大名旦李梅等过招，一个眼神，一个身段，都作了一丝不苟的示范。

年末，西安好大雪，传来交响诗画《梦回长安》上演的消息，还有青春版秦腔《杨贵妃》，可喜可贺。秦腔在探索全球化、时尚化，在青春，也就不会老去。

秦腔，说不尽的秦腔。从远古走来，在现代城市和新农村依然年轻有为，生生不息。有秦岭在，有八百里秦川在，有秦人在，秦腔这个古老的剧种就会如同渭水东去，一路吼声。

辑
三

古都杂记

　　早晨骑车子一入城门洞，便被一阵唧唧啾啾的鸟叫牵住了目光。画眉鸟儿在街心小树林子里足足挂了几十笼，喧噪得每一片秋末的枫叶也颤动不止。鸟儿的主人们是一群老人，有做动功或静功课的，有围拢一起观赏这尤物的。俨然，这里是块都市里的小岛，这里是属于老人与鸟的天地。而急速流动的车阵正从身旁经过，不大留神它的存在。

　　按说，这古城楼下的风景是古都的情调，而摇滚乐般的现代情绪却无疑似这激奋的车流，血液一样涌动在古都之晨的肌体里。

　　如同早晨宜于老人，傍晚的这块小岛则是青年男女谈情说爱的场所。也曾看见过硕大的圆月悬于城头，情人们稀稀疏疏，相依相偎着从小树林子里出没，穿过城门洞而去。这情景更使人感觉美妙。

　　老年型的古都，自身的生命活力是永恒的，自然、历史、人，构建着古都的现实生活与崭新的梦幻。

　　有时候遐想，这街市上不同肤色的人们许是从碑林的丝绸之路石刻图上走来的，是从唐诗中抑或是玄奘大师《西域记》的竹简中走来的。空间也如同时间，世界变得近了，岁月变得小了。

"老外"们也骑着车子汇入涌流的车阵，也拎着包拥挤在街市的每个角落，也买东西吃羊肉泡馍等候公共汽车，像古都人一样生活着。他们不再被围观，不再显其稀罕，同属于这座城市的一个小细胞。

当然，差异是有的。差异不仅仅在于中外合资的旅游设施的高楼有多阔气，协作出产的名牌家用电器多走俏，还有那股化妆品的香味多浓多怪。所呼吸的毕竟是古都市的空气，从而又使这里的空气不再单调甚至沉闷。

据说，每天流动于主要交通枢纽的人有几十万上百万之众，挤窄了这个城市的道路和空间。生意人不少，观光者不少，从乡村田野奔至这里做工的人也不少。商品的流通，体制的变革，观点的更新，使古都应接不暇、思绪万千，也使得这里的色彩斑驳纷纭，甚至有光怪陆离的地方。丰富与焦躁，激奋与怠然，美好与丑恶，新与旧，在相辅相成，也相克相搏。

曾经被碰碰撞撞，走不过去一条平时还算清静的街道，就烦躁得直发毛。想着那次去佛坪自然保护区的超然，想着一个人独独坐在故土山原上吸一支烟捕寻乡野的精灵，想着榆林沙漠上沉寂的古城堡，便厌倦于这城市的喧闹了。

自外边回来，又觉得所居住的城市的美丽。当又骑上车子汇入涌流，就感到了一种主人般的或者是一分子所拥有的自豪和自信。重归都市，即使分手不过十天半月，一切便显得陌生。

根是什么意思？很费琢磨。去解甲归田？去辋川寻王维？去大山名川捡拾李白的残梦？毕竟还不是自己这般年纪这般性情的人所思谋的。那么，去海南？上京华？放洋？却又多了不少的保守。况且以为此处潜势极大，氛围也适于秉性，尽管有不顺心的地方，总还可以干一些事情的。

这么去理解古都市的主题，就会在古与今、愚昧与文明、封闭与开放、传统与现代诸方面得出一个符合历史发展必然性的结论来。

一次在友人家里，不经意地瞥见了北窗外的奇景。其实是一种感觉，那沐浴在夕阳里的远处的楼群黄黄的有些苍凉，使人想到那故土山原在黄昏里的情形。细看去，窗户如同蜂巢，那是以各种生活内容和生存方式存在着的一群古都人的住处。岁月如流，古都就悲壮得如诗如画。

而又一颗新鲜的太阳很快从东边滚过来，它似乎已经不是昨天坠落的那一颗。古都市的色调变了，清新，富有生机，如同上早操的那些可爱的孩子。

如此的心理感觉，常常令人精神为之抖擞，好多好多扰人却有趣的事情在等待着去办。消极，只能是自行淘汰。而参与，则会从商品经济的制约下找到自我的位置，所钟情的事业的位置。

古都市也同样在寻找一个它自己的位置。不仅是黄土地、秦俑或帝王之都的称谓，不仅是。作为内陆城市，大西北城市之首，当今时代的古都的形象怎样才无愧于自己的意义呢？好在它是流动着的，流动就不会衰落。修复城墙和建造立交桥、高层建筑与缓解盐荒、粮油供应短缺等事情一样重要。它关乎整个城市的心态。

今天和明天，古都不会失落于它的时空。

古城墙风景

　　每天出入城内，不管择哪一条道走，城门洞总是躲不开的必经之路，因此说，这多年间，我看惯了古城墙的风景。

　　我憾于不曾登临八达岭的长城，只是在三边与榆林的黄沙原上寻访过边墙的古梦，那雄浑的烽火墩，那沉浮于沙海里的残垣，简直像艰难跋涉着的驼群。其风景，令人感慨万端，悲壮中不乏哀楚之思。

　　如果说，万里长城乃我四千年文明古国的标志，那么这西安古城墙，何以不属于这个大都市的某种值得珍重的精神！它是这座文化古城的脊梁，帝王之都的一枕悠悠远梦，也可以被视为西安的现实骨骼或者框架。它结构了汉字一般方正的街市，有颇规矩的布局，呈示着俨然稳固如磐的体魄。但事到如今，古城墙又究竟象征着怎样一层意味的屏障呢？

　　是呵，古城墙的内涵及其风景的审美价值，总不易猜得透。它所包容的用黄土、石灰和糯米汁以及血肉混合夯打的层面，像一本难以掀开的坚硬的史书，是足够人们审度和消受的了。

　　忆念之中的一个秋天，古城墙曾陪伴过我多思而迷茫的年华。我踽踽踱躞于残垣上，或仰卧于苍黄的秋草里，感触着它太阳下的风景。老人在欣赏着勾头于蒿莱里的羊只，直到那白色的团块浸入一片霜露中去。而我，是放牧悲凉之诗的书生，一任失落的性灵被萧索的古意所吞没。

　　古城墙，被这个大都市遗忘了，抑或将它当作碍人手脚的废物却又困惑于无法处置它。秋夜里归去，见得一勾残月坠于护城河的污水里，沿河边是洗涤油垢棉纱和破烂布片的老妪与少女，一声声杂乱的棒槌声便从这儿那儿响起，击打得如诉如泣，似乎在借这捣衣声作歌，撞击着西安的背脊。

　　我便久久地记住了那城头荒草里的老人与羊只，心的磁带也不可抹去地录下了那城河边的捣衣声，追随历史老人的脚步，窥视着古城墙的生命之光。残垣的裂痕，象征着裂变的历史，在我的幻觉中，似乎有一只黄绒绒的充满活力的小鸡在啄开蛋壳脱颖而出。它仿佛是一颗新鲜的太阳，更如同岁月中某种隐形的瑰宝，在孕育着，生长着，给这一块古老的土地以诱惑与希望。

是的，这座于明初在唐长安城的皇城基础上新建筑起来的城墙，曾无愧于中世纪后期中国历史上最著名的城垣建筑之一，是有过一番好风景的。尽管，此城堡比起规模宏大、豪华壮丽的唐长安城来是要逊色得多了，却依然有它的名胜所在。"汉冢唐塔朱打圈"的俗语，说明朱元璋时代的筑城风气非常盛行。它的构筑与布局，完全围绕于一个防御战略的基点上，四道城门、瓮城、角楼、"马面"以及垛墙上的方孔，无一不是出自防御战争的需要而设置的。历史则无情地淘汰了它的实用价值，将它冠以文物的名义留给了当今时代。

于是它生出绿苔的残梦断魂般的眸子，窥探着岁月流逝的秘密。它怅望这个世纪的特殊年月的人们，是怎么拦腰砍杀它，是怎么剥它的皮抽它的筋剐它的肉的。它头顶上荒草的白发便萧瑟一片，而空对余照悲叹秋风了。

长相思，在长安。当今时代的这座都市何啻"天长路远魂飞苦，梦魂不到关山难"！它凭借古城墙触摸着有形的历史，也同样带着这个沉重的框架走向未来。也许，有人以为古城墙是一个累赘，曾主张推倒它，填平城河，好造新景。也有人觉得任其自然的好，多一点古风，多一点残缺的美抑或是颓废的美更有意义。有远见卓识的西安的主人们，于 80 年代初，则终于绘出了一幅宏大而艰窘的修复古城墙的风景画。

这便有了再生的古城墙，城墙上有了元宵的社火灯会，城墙间有了四通八达而八面来风的门洞，有了内外环城路上的林荫与花坛，有了城河上使此岸与彼岸相接的雄奇而典雅的拱桥。历史，古老而崭新了。现实的古都也显得鲜美而富有。它以雄沉厚重的气格，稳实大度的神韵，含蓄多情的灵性，迎迓着远朋佳宾，倾诉着关于西安这座城市的童话，昨天、今天和明天的梦。

又一度"长安一片月"的意境，我去拜望古城墙，却没有觅到诗中忆念中的捣衣声。城河岸上，有对对情人在缠绵私语，月光的氛围使其如诗如画，可惜少了波光和水声，等黑河里的那一汪清流引来，将是多么好的景致!扭头朝城墙一瞥，夜空下的墙头，又即刻使我陷入异常忧思而神妙的古意中去了。

太空人可以从月球上窥见地球东方的长城，未来人也会在远距离时间内触摸到西安的这个时代的背脊。尽管古城将淹没于现代高层建筑的海中，但换一个角度，它又显然将一切遮在了背后。它不是战争的屏障了，也不是古玩摆设，更不是时间和空间的隔阂或者枷锁。它应该是什么呢?

　　我看惯了古城墙的风景，那西城垛的日落与东城垛的日出都好看，古城墙多像"方舟"!

桨声灯影护城河

　　1999年9月12日傍晚，应长生兄之邀，游了一回护城河。划一叶扁舟于夜色中的清液里，灯影烁烁，桨声汩汩，想描摹这番融化身心的景致，自然就记起了朱自清先生的《桨声灯影里的秦淮河》。而这分明是当今西安的护城河，雄浑的古城墙携着婀娜的树影迤逦而去，红灯笼的光团和城垛灯饰的轮廓倒映水中。横在城河上的桥似古城堡的臂膀，让车水马龙的城市的血脉川流不息。而城河的流水，更恰似这座现代古都的血液，环城而行，貌似平缓中涌动着内在的力量，清澈地淌过人们心境的河床。荡舟河心的我们，也许因了近水楼台之幸，算是初试舢板，让凭栏眺望的游人生出羡意，而又合了互为风景的诗趣，还不知道究竟是谁看谁呢？

　　这番清水绕古城的景致，似乎是一夜之间幻化出来的。从秦岭黑河迂回而至的这股清流，更应该是自然之子，山林、村野、峭岩、鸟兽，赋予它原本的生命气息，进入了人群聚集的现代城市。想到这里，就觉得这座古都市的心情也顿时清爽了。我们乘的小舟是新置的，载舟的绿波是几日前引入的，清淤排污是前不久才完工的。

而河床，历史的河床，它的修复、开凿，何止从当代或近代始。从明朝上溯到汉唐，从城河联想到曲江以至"八水"，由此顺流而下经渭水到黄河到海洋，我们感到了心胸的开阔与丰饶。在文化意义上，我们拥有的不仅仅是城河的清流，而更是一种精神的处境。说城必言池，是为城池。让记忆回到 30 年前，城垣可以牧羊，城河棒槌声声，可谓三十年河东三十年河西，变是必然的。再追溯"可怜长安月，少闻捣衣声"的诗境，又生几多怀古的慨叹。如果从城池说到堡子城壕再远溯至半坡的沟堑，人类的生存竞争，分久必合、合久必分的规律演绎出多少故事啊！好在我们不是操练策舟攻城的兵卒，我们划动的是游船，成了世纪性的西安的景中之景。

小舟是从南门东码头弃岸的，向东可以划至文昌门桥头，折回头顺水而下，弯到了南门吊桥下，再划向朱雀门。秦腔曲牌的板胡声，似乎是岸边的松园楼阁里传出的，激昂与悲烈，清丽与委婉，在桨声的击节中流动。现代的市声，隐隐约约，穿过桥路，潜入楼群广厦。而扑棱棱掠过水面的水鸟，据说叫水鸭子，野的，近几天才来这儿的。草坡上也有小松鼠，河水中有小鱼儿，也会有蜻蜓、蜉蝣。这是常在城河边行走的人们久违了的啊！还原与亲近自然生态，人才可能更接近人，和谐或适宜于这个日益膨胀的花花世界。

小舟折回吊桥下时，适逢岸上有入城式的礼仪。驻舟望去，一队队彩旗灯笼，宫女武士，鸣鼓起舞，裙带翻飞，疑是遁入幽梦，却是节庆或迎接贵宾抵达古都，许是国家元首，许是友好使者。此等礼仪，如周秦之风汉唐盛景重现，让人不禁为这座历史文化古城而感到慰藉。

舍舟登岸，却有离去之后的归来之念。漂是一种放飞，而泊是一种安静。有人说秦人自古惧水，但亦喜水，谁不为城河有了清水而惊喜不已呢？变浊为清，需要精神的过滤，修复心的河床，还有广义上的周边环境。曾经坐过威尼斯的游船，甚为那旖旎之象感慨，尽管城河游船不及其繁华，却也独有风景。朱自清先生笔下的秦淮河桨声灯影，歌舫迷离，而和友人所游历的西安城河毕竟是一处崭新的风物，清隽之感已让人销魂，那"晃荡着蔷薇色的历史"的护城河的滋味，且留着来日领略好了。

秋之野

秋天是什么？是一片渐次发黄的树叶吗？一叶知秋，是树叶在传递秋的消息还是树叶感知于秋之心？其实，你的树叶譬如耳朵梢、鬓角甚至你的脊梁骨已经感到了秋的骚动。如果抬脚散步于城南的郊野上，恰遇天高气爽，况且有至朋结伴，你的身心恐怕就要融化于秋里了。

最好在清晨动身，煞有介事地去等候开往郊外的车。闹市被抛在身后，你开始进入秋的郊野。小镇刚醒来不久，你混入镇子上平民的早点铺，很香地吃油条豆浆。罢了，去寻找转乘去某一名胜地的班车，想摆脱街市的氛围。当发现所要去的目的地交通不便时，就突然改变主意，跨上另一路的班车。只要能置身郊野就行，散步的形式是不应该有目的地的，有目的地就等于赶路。正好，途中看见远处一座烟树中的古塔，使唤着停车，开始与那座古塔靠近。

路很现代，黛色的，平平直直地伸延到远处去。背后的南山雄峙于雾岚之中，做你的如诗如画的背景，你在晒满苞谷豆子芝麻谷子的路上往前走。这是乡野小路，却也不是乡野小路，偶尔有日本宗教界人士乘坐的小轿车驶过，或去看古塔或由古塔那边回来。据说，凭那古塔才有了这条与泥土相接的黛色小路。乡人却把它当成一个公用的窄长的晒场。走累了，就在路边小憩片刻，苞谷秸比沙发绵软，且有一股甜甜的干燥的草木气息。这是泥土和汗水创造的气息，比香水味好闻。路人多是忙于生计的庄稼人，对你这样前去访古的城里人的轻松清闲有点羡意。路边的苞谷正在清地，泥土翻卷，粪肥被匀开搅抖在泥土里，等待种子点播的白露时节。田园如网，每块田里都有乡人在劳作，佝偻着身子在亲近土地，汗水落入泥土悄然无声。一边是收获，一边是耕耘，土地的生命正在交替时节。

而村落中的古塔千百年来就这么立地顶天，俯视着这一方田园、这一方原野上的人群。古塔能感知秋意吗？大唐的辉煌已经恍若远梦，大唐的古塔虽被岁月蚀去了塔顶，却依旧傲然矗立于这方土地之上。香火未断，僧人在诵经，佛还那么庄重肃穆地趺坐在莲座上。秋阳在寺园的金盏花上跳跃着，银杏树黄亮亮的叶子在悠然飘落。

寂然的寺院，似乎可以听得见小蚂蚁在青砖地上爬动的簌簌声。一声木鱼的清音，使历史与现世来了一个妙不可言的和弦。古塔在村落中默然无语，而使村落有了一种文化的环境，这层意味甚至可以从村童的目光中、从门轴的吱吱声中、从鸡叫犬吠中读到。对着古塔，对着神坛，你会祈祷什么呢？

村外有河流。有流逝不尽的比古塔生命更遥远的河流。你从捷路上向河流走去，走过一片蒿莱没膝的荒沟，穿过一片迟熟的谷子地，踏过一片土冢簇拥的墓地，看见了流淌得很响的河。生命如季节，你突然感到了一种庄重的惆怅。你想着同至朋知己坐到河边的鹅卵石上去，把影子投在河水里。

一起坐着唱歌说笑抽烟吃香蕉，享受这个千金难买的秋日旷野上的正午，并让它定格在永远的忆念中。在水之湄，有小鸟旋飞，是蓝靛色的，长长的喙，精巧的尾羽，敏捷如一首小诗、一首优雅的歌。它突然停在水面之上十几米的空中，定定的，用震颤不已的翅膀控制平衡，片刻之后如投石般跌落水中，用喙夹起一条小麻鱼。村妇村姑在浣纱、洗衣，牛羊在饮水，你望着这情景，而你也在此景致之中被旁人望着议论着。古塔在近处，在高处的秋阳下守着这条河流，在同这条河流对视吗？这是千年的起誓与默契。

　　是秋之野，却使你发现了春心的勃勃。不是秋风吹渭水，不是落叶满长安，郊野的秋日已近午后，该是归去的时候了。然而，归路却迷失在茫茫原野上。

仙游寺

古寺余韵

春日里，去看仙游寺。

仙游！我默默念叨着。这是多么诱人的字眼，直撩拨你那颗寻幽访胜的诗心。隋文帝也真不乏才气，为他这处消夏的行宫起了个美妙的名字。可惜，这仙游宫建成仅 20 年，隋朝就灭亡了。尔后，离这儿有 30 余里的楼观台道士迁了来，将门庭改换为仙游观。又值佛教兴盛，道士们云游而去，这里又成了沙门和尚诵经参禅的仙游寺。且不说到了唐、明、清代如何更变，只是这"宫"而"观"而"寺"的一字之易，足以见得这处拥有 1387 年历史的仙游之地，是怎样的不仙游了。

现在，我来了，兴冲冲而疲惫不堪。也还不是因了"仙游"二字慕名赶来的吗？刚才造访过的楼观台，香火甚盛，游人若云，可谓兴时矣！却正是它的兴时，现代都市味的喧嚣，将古寺的韵致冲淡得如同一杯生水呢。

还是寻觅仙游寺好。尽管路断人稀，凋敝冷清，无甚风景可观，况且要沿黑水河岸的绳状山道攀援三里五里，我还是执意来访。

眼前的仙游寺，正承受着又一度凤去台空的寂寞，颇有小雁塔密檐式建筑格调的法王塔，当初不知如何比例适度，如何线条柔和和优雅，现在却已是风烛残年，老妪一样地佝站着了。塔檐上杂草丛生，有黄蒿的干籽儿落下来，使你不得不眯起刚刚抬望的眼帘。塔下一方场院，农家孩子在黄黄的春阳下晾晒麦子。着红袄的小女子端着粗瓷碗吃饭，只顾扬起小手驱赶偷食的鸡娃子，细细的面条在筷头上滑落了。寺内除门户紧闭的大雄宝殿依旧外，其他诸如观音、地藏、普贤等殿则已沦为寻常百姓的家舍。寺院里，猪、牛、羊、鸡、犬俱全，各自占据一方悠悠的天地，各自在这一方空谷间交错着发出不同语系的音响，取代了悠悠千年的秦钟汉鼓声。柴草和粪堆，碌碡与碾盘，一切一切，都在坦然地说明这里已还原为一个恬静的庄户农家的世界。也似乎，一切游乐、参禅之事不曾在此发生过。

史书上记载的金殿玉宇今何在?只是依然四山环抱,一水中流,春日流泻于薄雾中,山风飒飒于草叶间。依然是这块土地,循环着四季的色彩,送别了一个又一个时代。而历史学的履痕,已掩入了不同层次的泥土里不成?

徜徉中,见一老翁靠在屋檐下晒暖暖,我便借口讨水喝,上前搭讪拉谈。琥珀色茶水,自壶内续入杯中,这么你一杯,我一杯,相对饮来。茶也徐徐,话也徐徐,老翁先说36岁的白居易在周至做县尉时,如何来此寺中撰写传世之作《长恨歌》,再说黄巢、高迎祥、太平天国起义军曾如何扎兵寺内,攻取关中。文事一桩,武事一桩。缠绵凄婉有之,金戈铁马有之。不由我又去念叨:"仙游哦,仙游!"

一阵工夫,老翁不言语了,我也禁不住合上眼,梦做仙游之客。是浣纱女自黑河边归来,睡梦被咯咯甜笑惊醒了。

我独自踽踽走向河边。回首空阔寂寥的寺院,突然想到苏东坡的《仙游北寺》中的两句:"唐初传有此,乱世不留碑。"却闻风在叮嘱,水在劝:君莫吟,君莫吟。

淘金者

方才攀援在黑水河岸的绳状山径上时，看见过彼岸河滩上三五成群的淘金的人们，想着归来时要前去探个究竟的。而现在伫立河边，却不见桥，也不见列石，该怎么过得去呢？来时的山径走弓背，望水滩有俯瞰之美；如从脚下涉水而归，则是弓弦，省了回路不说，反过来又可仰观山势。要紧的还是淘金者的魅力，使我不得不下水了。

貌似乳白的河滩，于卵石下藏着紫黑色的细砂。取一把在掌心，腻得绵软，绵得柔腻。阳光下，竟有星点儿在一粒粒闪烁。当我搬起粉白的圆石想要测试一下水的深浅时，发现了这一层秘密，彼岸河滩上的汉子们，必是在淘这藏在泥沙中的金贵之物吧。无疑，这是黑河水携来的，是流泉从秦岭深处的石崖上一粒粒凿取的。

我这才感到了河水黑的亮色。翻卷时，雪浪簇拥；平静时，则幽潭一样乌黑而透明。彩石铺设的河底呼之欲出，波光摇动着远山叠岭。捧一掬，又纯清得没有一点颜色，直滴滴净净在指缝间滑落了。捡一枚水中彩石，好久晒它不干，等晒干了，怎么就变成了再也普通不过的一块卵石了？黑水河，你以芒水易名的黑水河哟，竟流动着、沉淀着这么多的神秘！

春日了，水温仍渗凉渗凉。河床的卵石，又滑腻得捉不住似的。抬眼对岸，这其间的水面足足有200米宽。畏怯中，我下意识地提起裤腿，哗哗地涉入水中了。穿鞋涉去，脚底实在，也可暂御浸骨之寒。谁料想，看去浅不盈尺的河水，直漫过了膝盖，一寸寸地浸上来。迟疑中，扭身望去，已离岸十数米。回头吧，不忍，这只好一搏，深一脚，浅一脚，踉踉跄跄地涉去。临到对岸的时候，感觉膝盖和小腿肚有热风在轻轻抚摸，竟像冲刺一样，朝沙滩的曲线终点狂奔。

淘金人一边劳作，一边不解地看我倒着棉皮鞋里的水，拧着湿透了的裤筒。你们哪知道，这种恶作剧式的涉过河来的游人，是被富有哲理和诗意的淘金场景所招引来的呀！

我像赶社戏来的，席地而坐，仔细观察起这架淘金机器的运转程序来。先是用板锄清除了表层的卵石和沙砾，将一层约莫半尺的黑色泥沙铲入竹箕中；再沉甸甸地挑到数十步外的河水边，倒入手磨似的圆筛内；执筛人一手摇动沙砾，一手弯腰用竹筒汲满水倾入筛里；随之倒掉渣子，极少的铁粉状的黑沙末便顺水而下，滞留在倾斜着的梯形木板上；将黑沙在一个直角的凹状木筛中再行淘洗，末了，即有针尖大小的几粒原金黄黄地显露出来，然后小心地用指头抹入小竹筒中去。每环节一人，四五人便组成一架原始的淘金机器，刻不容缓地运转着。我指着盛金的小竹筒，问：

"多久能把这小竹筒弄满？"

"三年。"

"三年？"我怎么也想不到这个数字。经打问，他们来自秦岭北麓的汉阴农村，背井离乡，风餐露宿，罢了农忙日子，来这黑水河淘金。每天，有成吨成吨的沙砾从手中淘过，提炼的果实只不过一小酒盅底儿。可这是金子，失落了的金子。

黑水河，默默流淌着黑色的生命，流淌着令人敬重的可贵的精灵。我庆幸于此番行踪，慰藉于将湿湿的脚印留在了这含金的沙滩上。路遇一牧人，却埋怨黑水河的宝贝被异地人得了，当地人老几辈怎么就从不谙淘金之道呢？说罢，牵两只羊没入林子。听来，牧人口音为本土腔调，木讷而迟缓。

小路旁

沿着窄窄的渠畔，直直朝前走。眼睛只能瞅着脚下，稍一旁视，腿弯子就颤颤地打闪。渠是废渠，密密地涌满乱蓬蓬的杂草，走着走着，路被一堆松动的沙石截住了。沙石堆的顶端，可见帐篷的一角和从帐篷顶上竖起的钻塔，却静静地没见机器的轰鸣。一位着牛仔裤的披发女子，正倚着木杆子远眺，那晃动的腰肢，透出迪斯科的旋律。噢，远处的开阔地，泊着勘探队的帐房。隐隐的口琴声，自那里飘忽过来。

踏上由井场通往谷口的迂曲小路，见黑水河流窄了，流急了，崖底里涡动白色的泡沫。小路一起一伏，在一处高台上宽起来。一位小伙子靠着背篓侧卧在路旁，一堆炭块占据了路面。我问他借火，也敬一支烟过去。

小伙子说，这油黑发亮的炭，产自彬州。从勘探队的帐房用架子车转来，再用背篓给人家背到井场上去。黑河上要修大坝，可能是勘探坝基吧。蓄了水，修一条长渠，据说不用泵就可以流到西安城里去。城里好，却也需要咱这黑河的水哩。这水真清，清得发黑呢！无泥，没污染，城里人用得着。你是看仙游寺的，多亏，明年这时候来，兴许就看不上了。咋？给坝淹了。不过，听说要把法王塔移到岭背后的金盆去。以后有了坝，就有了湖。你看这地势，造个湖，会比兴庆湖美！真山，真水，再有小船儿，划一划，那才叫

"仙游"。

前面拉架子车的小伙来了，装一车钻杆，他边卸车，边凑上来闲聊。他们是公家临时雇用的，按天计酬，每天拿不到两块钱，凭良心干活。种庄稼是责任田，给公家帮活杂，也不好包工。赶下班，怎么也得把这车炭、这些钻杆弄到井场上去。

忽闻叽叽喳喳的戏闹声，是四个村姑从后坡麦田里剜荠菜过来了。瞧那神气，使我想到眉户剧里阳春天剜菜的梁秋燕。她们见有人堵了小路，走在前面的村姑红了脸，驻了足，扭过头去。有意思，她们相互低头吃吃地笑，好一阵子在那儿磨蹭。看来，还是后面一位可谓斗胆，呼呼领头走了过去。开始领头的那位怕羞的村姑为难了，等别人都过去好大工夫了，才沉下脸，从炭堆和架子车旁远远绕了过去。接着，便是一番爽朗的大笑，把个河谷摇动了。

我懵住了，天真无邪的村姑们笑什么呢？我身边的小伙子莫不是哪位村姑的女婿不成？这时，两个小伙子已背着炭篓、扛着钻杆奔井场了。黑水河边，你这质朴而多情的儿女，你这古风犹存的土地哟！

沿小路朝谷口走去，我想着黑水河的新生命的光彩，那坝，那湖，那小船儿。

黄河札记

唐代铁牛

在永济逗留的几日里，乘车往返于河东的旅游景点之间，我注意到了路边的一个木牌子，上面用红漆写着几个粗糙的大字：铁牛村。恕我见识少，我首先想到的是拖拉机，50 年代民歌里唱的"铁牛遍地跑"的铁牛。农民浪漫主义理想中的铁牛，无疑是化为现实了，而且在向农用车和网上销售农产品转型。至于活生生的牛，已不再是农民最亲密的朋友，它已成为都市餐桌上的一道好菜。

去看铁牛，原来是永济之游的必到之处。是铁牛，唐代的铁牛。在秋风中摇晃的茫茫芦苇荡中，四尊铁牛接受着阳光的解读。它锈迹斑斑，正如我们想象中的唐代，辉煌之后的苍凉。铁牛被埋藏得太久了，它似乎是潜伏在黑暗中，窥察着三十年河东三十年河西的自然规律或玄机，这该是三十年河东三十年河西的多少轮回了。

铁牛是作为唐代蒲津桥的地锚用的，桥是浮桥，牛是镇河兽，一切为了交往的平安。试想如民间所传说的，杨贵妃要回娘家瞧瞧，唐玄宗为了讨得娘娘欢喜，降旨诏令改建黄河上的蒲津桥。尔后大功告成，贵妃娘娘自然高兴地接受了这份非凡的礼物，在皇恩浩荡中摇摇摆摆于浮桥上时，该是何等如意而风光。但桥毕竟是大众化的，将士可以行，贩夫也可以走，总是社会的财富、历史的宝藏。

而抵御大河空间拉力的是铁牛，它体阔腰圆，威武健壮，昂首怒目，以伏卧状坐东向西，坚忍不拔地雄踞于此。《易经》说："牛象坤，坤为土，土胜水。"水来土掩，牛便卧在了河边，高山峻岭一般阻拦住大波巨澜。于是，铁牛便在烈火中诞生，铁牛是这样炼成的，守望在黄河两岸，对拽着铁索，做了大桥坚固的地锚。黄河两岸便流传下来一首民谣："站在城楼用目观，八个铁牛镇河湾。河神水怪吓破胆，秦晋百姓保平安。"

据说，铁牛的模特儿应该是秦牛，有公牛，有黑唇黄毛牛，有阉过的犍牛，还有三岁小牛。"一牛且数万斤"，四牛合为 146.1 吨。而另外四尊铁牛，仍深埋于地下，原是在河西的，如今是在河东了。黄河改道，昔日的河西已是今日之河东了。

说到铁牛也不能不说到铁人，每个铁牛皆有个牧人，即铁人。他们分别是维吾尔族、蒙古族、藏族和汉族。其站位也与他们各自所处的生活地域方位相吻合，可以想见唐代开元之治中各民族和睦相处的盛世景象。

唐代的牛，唐代的人，唐代的桥，唐代的黄河，一切都已离我们而远去，一切又这么鲜活地展示在我们的眼前。唐人把那个时候的自然、人种、牲畜、桥梁、冶炼、艺术等信息传达给了我们，单单把它们挖掘出来，晾晒在阳光和风雨里或陈列于掩体下，望着它出神就够了吗？当下的人们首先窥测到的一定是旅游业的开发，吃祖先留下来的东西，从此过上好日子。

就像牛气冲天的股市那样，坚挺如铁，这就又像我似的，误读了"铁牛"的意思。

莺莺塔

张生戏莺莺，连老家目不识丁的下苦人，也会讲得津津有味。一个赶考的书生，在一个寺庙里遇上一个天仙似的女子，两人一见钟情，由红娘搭桥，如何经过周折，二人终成姻缘。

一个古老的爱情故事，大众化地普及到凡夫俗子，且代代相传，皆缘于这眼前的莺莺塔。

塔又源于何时？一说是始自五代，汉将郭某围住蒲州久攻不下，此寺和尚要他折箭起誓发善心，果然未杀一人而得胜，寺名由此改为普救寺。一说是隋初已有普救寺，始于五代的说法是封建文人想要诋毁这桩"丑事"而编造的，因为莺莺是唐人。

唐代才子元稹也许是深入生活，从马路传闻中得到了这个故事，便信手拈来，演绎成传奇小说《莺莺传》。见诸史料的说法是元稹写了自己婚前的恋爱生活，始乱终弃，是个悲剧结局，无疑有披露个人隐私之嫌。到了元代，大戏剧家王实甫又依照金代董解元的《西厢记诸宫调》改编成杂剧《西厢记》。普救寺皆为故事的发生地，便使这偏僻的寺院因了一桩爱情的传说而扬名天下。

游人走过寺中的西厢，那棵支持张生跳上墙头的弯脖子杏树，似乎从来没有长高过。那个遥远的晚上，莺莺同红娘在花园烧香祷告，张生隔墙表露爱心："月色溶溶夜，花荫寂寂春。如何临皓魄，不见月中人？"莺莺和道："兰闺久寂寞，无事度芳春。料得行吟者，应怜长叹人。"这唱诗求爱的方式，在时下恐怕成了虚拟的网上"电你"了，而纯情也被游戏捉弄得所剩无几了。

　　剧中的故事自然也发生英雄救美人的奇巧，英雄倒不是张生，而是张生的同窗好友白马将军，张生只是个中介人。事后，崔夫人失信，红娘和莺莺几番调侃张生，使他得了相思病，且病得不轻。红娘做媒私订婚约，事情败露，最终巧妙地说服了崔夫人，答应将莺莺许配给张生。但有个苛刻的条件：除非他金榜题名。结局显然是个大团圆，双双结为连理，有情人终成眷属。

　　看来，自由恋爱除了需要抗争精神外，还得有成就功名的资本才行。门当户对，郎才女貌，这铁的定理不是闹着玩的。总之，发生在这里的西厢爱情千年来是不朽的，而千年的历史中，又演绎了多少男男女女之间的悲欢离合呢？

　　如今的普救寺内，尽是西厢故事中的背景。有白马解围的观阵台，有塔院回廊、梨花深院、莺莺跌跤的手印、闹斋的佛殿、逾垣和拷红的旧址、西轩和书斋院，不一而足。最是这高高耸立于峨嵋塬头的莺莺塔，是因了故事将舍利塔俗称的。莺莺塔的神秘之处，是它的回音效果，称之蟾声。俯首叩石，聆听蛙鸣，是游人们的功课。塔的收音、窃听和扩大器效果，莫非也有窥人隐私之虞？心诚则灵，也许你可以在此聆听到久远了的张生与莺莺的心腹话。

　　近年来，莺莺塔下有每年一次的世界情侣月盛事，煞是热闹。

西厢的婚典不能不说是最美的，在西厢度蜜月不能不说是最甜的。这里是爱情的圣地，有张生和莺莺前面走，千千万万有情人跟上来，前赴后继，该有多么美好！

不会错，有莺莺塔做证。

蒲津渡

穿过一片滩涂上茂密的树林，我站在了高高的大堤上。风很大，嚯嚯的响声不知是风在吼还是大河在咆哮。秋阳漠漠地照着，眼前的河水与河床上的淤泥一起闪光发亮，这光亮一直延伸到浩如烟海的天边去。

说这里是蒲津渡，已经只是一处遗址罢了。脚下翻滚着泥汤的这条巨大的生命，凛然阻止着人类前行的脚步。望河兴叹，便羡慕长一双翅膀的小鸟，可以凌空掠过这宽阔的空间。这么说来，有时候人类天生也有不如鸟类的地方。人想征服河流，可以游泳，可以架桥，还有空中缆车什么的，凭的是智慧与创造。

站在这里，遥想从黄河发源地到入海口的曲折历程，整个流域所伸张的根根系，这条巨龙不仅穿越了北方广阔的疆土，而且贯通了一个民族生长的血脉和思想品质。它决昆仑、淹雁塞、闯龙门、夺中条直奔大海，一个凡夫俗子，只能渺小到一滴水或一粒粟。面对汹涌的泥汤，只会敬畏不已。要想抵达一个理想的彼岸，哪怕是一丁点微不足道的奢望，若不费尽心机也是难以如愿以偿的。舟桥之举，可想而知。

不妨沿时间的河流溯源而上，发现这古渡的浮桥竟是有史以来黄河上的第一座舟浮桥。始建于春秋，比西方波斯人架的海峡浮桥还早，终毁于 1911 年，寿命达 2400 岁。先是用于鲁昭公东迁、秦昭襄王攻韩，后是刘邦定关中、曹操征马超、隋文帝下河东。到了大唐开元年间，一改舟桥、固定浮桥、竹缆连舟曲浮桥的结构，以铁缆连舟，铸造铁牛铁人铁柱。金元争夺蒲州城，金将侯小叔纵火烧绝了蒲津桥。明代以降，河水不断倒岸，舟桥渐毁，铁牛铁人也被泥沙埋没了。

一头在秦之朝邑，一头在晋之蒲州。蒲津渡历尽沧桑，足以为一部史话。人与自然，战争与和平，使大河与桥梁的较量变得十分诡谲莫测。在这里曾经拥有过的铁缆舟桥，其铁牛地锚和铁环缆索，堪称世界之最。那是在巨龙之上创造的又一条巨龙，横卧东西，腾腾欲飞，想来是极为壮观的。

这条自古以来联结东西的交通大动脉，近现代则被铁路和高速公路桥所替代了。蒲津渡，满足了游人发思古之幽情的愿望，让我们又温习了一回历史的功课。耳边响彻云霄的不是风声，不是涛声，应该是唐人皮日休那一阙"蹄响如雨，车音若雷"的浩叹。

登鹳雀楼

今日，我登上了鹳雀楼。准确地说，只是登上了复修中的鹳雀楼的主体工程。这多少有点现代都市建筑物的味道，与唐代诗人王之涣的鹳雀楼相去甚远。在钢筋水泥的材料中攀援，工业化的产物在消解着农耕文明的诗意，怎么也难找到王之涣的影子。

但毕竟这是魂兮归来的鹳雀楼。它尽管不能奢侈地动用巨大的圆木，那样又会伤及森林保护的时髦话语，只好以现代材料仿真作假，雕梁画栋成真的模样。因河道西移，它也不在原先的位置上，可它青出于蓝胜于蓝，显得更高大更雄伟。

秋日午后的斜阳，从黄河之上的天际照过来，上一层楼便是一重天、一层景色。大汗淋漓，气喘吁吁，虔诚地攀登从小学课本上就已熟识的那番诗情画意。此时有幸登临，算是满足了一桩浪漫而不无虚荣的念头。登高望远，更上层楼，当是一种人生境界，一种生存方式的渴望与寻求。

王之涣的鹳雀楼所在的河中府，今日易为永济市。重修鹳雀楼的壮举，是因了王之涣的那首仅 20 个字的短诗，是因了传统文化黄河一样地源远流长，也是永济人开发旅游产业的谋略。世人皆知的诗句出处，是值得投资几千万的。也就是说，王之涣的这笔所谓无形资产，当是一个天文数字。连同古蒲津渡、普救寺、铁牛、万固寺、杨贵妃故里，足以形成一个诱人的黄河文化旅游胜地，用时下商人的口吻说，就是可以大发其财了。

唐代的鹳雀楼，是著名的登临胜地。斜阳朗照，中条山巍然耸立，晋南原野风光秀丽，黄河水一泻千里去拥抱大海，让后人倍加崇拜的王大诗人来了灵感。客观景物的描述，融入昂扬向上的激情，看似平白却开阔深厚，使它流传至今而依然鲜活如初。

也许王之涣写了一辈子的诗，写了千首万句，而现存的据说只有 6 首。他比李白大 13 岁，活了 55 岁。自幼好学，做过县主簿的小官，还被诬解职，家居 15 年之久，复出后当了县尉。官大官小，仕途曲直，寿命长短，已成王之涣的身后事，永恒的是他的诗名。除了《登鹳雀楼》外，他的另一首诗也著名，那就是《凉州词》：

黄河远上白云间，一片孤城万仞山。羌笛何须怨杨柳，春风不度玉门关。

也是黄河。这怕是王之涣的黄河情结。回望新建的鹳雀楼，我仍不厌其烦地默读着出产自这儿的名诗：白日依山尽，黄河入海流。欲穷千里目，更上一层楼。

给关公烧香

路过运城，不能不去解州看看关帝庙。

这里正在举办关公千年家祭，人群簇拥，香火很盛。古庙旁的乡场上，喇叭喧哗，锣鼓震荡。完全是场民间的广场艺术展示，武术、太极拳、鼓乐、唢呐，还有洋号，让关公的乡党们大饱眼福。他们憨厚而朴实的脸上，所露出的陶醉之情，在白发老人、光屁股娃娃、英俊小伙、美丽女子的神态中，显得丰富而微妙。我猜想，哪一张面孔的神情中，含有关羽的血缘特征呢？像我们这样的过客，看观众要比看演出更生动。各色演员无疑是些人精，也许从他们的身上更容易发现关公的气魄和做派。

我们被淹没在关公后代的人海中，拥入关帝庙大门。古柏参天，殿堂华丽，塑像威严，其景象可以感觉出一代一代朝圣者对关帝由衷的敬仰之情。世界上有许多地方，哪怕是在僻壤，抑或是在都市，庙宇的树木是最长寿的，殿堂是最考究的。也是因了风水宝地，更是因为凡人对于神灵的敬畏，包括祈求和恐惧，就是盗贼土匪，也极少去伤及庙堂里的一草一木。眼前的关帝庙的胜景，也是关公被后人崇拜的见证。

世界上的许多神是虚拟的，关圣帝君则是由一个历史上活生生的人所形成的。从民间传说中，从历史演义中，我们已经熟识了关羽的形象和品质，他的故事被广为流传。仰望塑像，就似乎看见了真人。传统文化中的忠、义、仁、勇，在关羽身上体现得最为完备。而这种美德，在网络时代的新新人类眼中，又是多么的背时。

关羽也就在脚下这片土地上出生并生活了 28 年，半耕半读，尔后娶妻生子。为反抗盐商横征暴敛，关羽拍案而起，杀了党族七姓，而痛失双亲，亡命异乡。后结识刘备、张飞，起兵扶汉共举大业。当年壮别后，故乡人将他的故宅作为祭祀之地，第一座关帝庙堂由此形成。之后，崇拜偶像的效应不断升级，加上历代帝王封谥，关羽简直成了人上之人、帝上之帝、神上之神。于是，关羽从北到南，从内陆到海外，走遍了世界各地。关公庙，遍布于四方。

这便形成了一个庞大的关公信徒群，又分别从世界各地出发，来这里寻根问祖。我不是十分虔诚的关公信徒，只是一个观景觅胜的匆匆过客。几年前在海南岛时，我曾得到过一尊铜雕的关公塑像，正是出自这里的旅游纪念品。它很沉，有铜的重量，也有意义的重量。关公威武地站在书橱上，为我值岗，也陪伴我度过了独居海岛的那些不堪回首的日子。离开时，我将关公留给了海岛上的人们，我知道关公是从秦晋之地走来的。我不能把石头背回山里去。

人们都在争先恐后地为关公烧香，烟火缭绕，煞是壮观。我不知怎么回事，近几年来愈是淡薄了烧香磕头的事情，人也罢，神也罢，鬼也罢，在我想来也不必那么清楚地界定它了。吃力地按照程式去三叩九拜，作揖叩头，把屁股撅得老高，弯腰屈膝，大多是上了年岁的人喜欢做的高难度动作，也似乎是他们晚年的必修课。腰背腿脚灵便的年轻人，通常是不屑于做这门功课的。尤其是那些网络新人类，更与此事无关。

小时候因为不懂事，涉世太浅，大人给几毛钱，叫声爷爷伯伯，趴在地上叩个响头，算是回报。年轻时也敬畏神灵，叩头烧香，也没管什么用。在这里，我是衷心地想念了一回心目中的英雄好汉，我向关公问好，但没有烧一根香。

故里景物记

夜宿玉华宫

在人们的心目中，做皇帝该是世上最惬意的差事了。但绝大多数人，终归是要做平民百姓的。仰慕之情，由皇帝到皇帝足迹所涉及的某山某水，便有了名胜一说，引无数英雄竞折腰。也便有了今天日益膨胀的游客，在身体力行着这种朝拜，放逐着精神的向往。

玉华宫，还不仅仅是这样的一处名胜，它给予你的似乎还有许多丰沛的想象，让你不止一次地流连忘返于它的领地。在我的故里，能直接沾上皇帝气儿的地方似乎只能是玉华宫了。它距我的出生地不足百里，在家乡生活时我是没有能力去瞻仰它的，尽管也从老人们嘴里一星半点地知道它的那些神秘的传说。日后走得愈远，愈是感觉它离我愈近。我甚至产生过一个幻觉，曾路过那里，看见过一座白色佛塔，静静地坐落在宽阔的河谷里。事实上，我是近两年才走近它的，一次是做了个匆匆过客，一次便是昨夜里的小驻了。尽管只是短暂的一宿，却让我体悟了一回比梦还要深邃、比酒还要沉醉的归宿的感觉。

大都市的夏天是燥热的，一如那里拥簇的人群无处不在的浮躁气息。不管是1300多年前唐朝的皇帝皇孙嫔妃官宦，还是21世纪的城里人，都先后抽暇逃避到这清凉的山中来了。是避暑，也是一回宗教般的洗礼，让灵魂先安静下来，然后再冷静地去面对我们所处的周围的世界。当然，大自然的清凉并非绝对的世外桃源，不远处的金锁关以北的金戈铁马依稀可闻。玉华山的仁智宫曾一度成为初唐王朝的权利场，兵变失利的太子被扣释于此，促成了玄武门之变，李世民随即登基称王。当已是唐太宗的他下诏修成五门十殿的玉华宫后，一时间皇恩浩荡，连飞泉流水也成为他创立飞白书体的灵感资源，好不神奇。曾骑一匹瘦马西行取经的高僧玄奘是唐太宗召到这儿的，新译佛典引出《大唐三藏圣教序》的天子序文，都与玉华的山水脉气有了千丝万缕的关联。玄奘法师，似乎是觅寻到了他满意的最后的译经场，也看好玉华仙境，于是连生命也交给了玉华，由这儿化入云霄。

肃成院遗址的挖掘现场瓦砾四散，人们在用镐头阅读尘封已久的经卷，寻觅大师的踪迹。我也曾在敦煌之西北的莫贺延碛驻足，在哈密、焉耆的古驿站徘徊，孤身匹马的法师是如何偷越玉门关，以白骨马粪为路标而行，又是如何四夜五日滴水未进，昏迷在大漠中，幸被凉风吹醒？识途老马因闻到水味狂奔到泉边，终于踏上水草之地，再西行取经。这情景，比戏说来得真实动人。岑参曾叹"悔向万里来，功名是何物""今夜不知何处宿，平沙万里绝人烟"，一位叫处默的僧人却说"野性虽为客，禅心即是家"。法师也终是走到了这脚下的玉华，跌了一跤，走向了如虹的圆寂。《高僧传》里说：这时，玉华寺主慧德夜里梦见寺内绮饰庄严，有千躯金像自东方来，翻经院花香满空。殿侧的李树花季已过，竟忽然开花，花发灿然，且每朵六瓣，是为瑞兆。

我等所下榻的世纪庄园，迎大堂是一幅真山水，玻璃中的花草杂树胜过了最美的画。却不知有没有六瓣的李花，这幢时尚的客舍已经是清香四溢了。突然发现它的不同是房间没有现代的空调，原来这里是暑天也要加衣的寒泉之地，此时已经感觉到凉意过多了。再加上小雨淅淅沥沥，万籁俱寂，虫鸣如弦，梦想就越发缥缈无际了。古名凤凰谷，一定该有凤凰栖息。珊瑚谷，又该是海中景观。

兰芝谷，也会幽香沁人。那石窟里的莲花，也有如佛的笑靥。崖洞里的送子娘娘，让多少善男信女情牵魂绕。扁舟一叶，行于沁风湖的波光山色之中，尘世也可以忘却吗？冰雪节日，也许会让人们的心境获得瞬间彻底的清凉。有空，当去辨认一会儿杜甫的诗碑，多理解一点有关世间沧桑的余韵。佛祖的足迹，是印在石头上的，何尝不是印在了芸芸众生奔波往返风尘仆仆的命运之旅。

当然，我等不是来念经的，没有"三更暂眠，五更复起，读诵梵本，朱点次弟"的劳顿之苦，只是逗留一宿的过客。对晤了皇家旧地、佛祖圣堂和这一方灵山秀水，又去做俗人俗事。

重上陈炉

我要说的重上陈炉，是今年夏天的事。

在旧县志中，我出生的那道塬上的小村落是隶属陈炉管辖的。家谱中也数处提及陈炉，说几百年间的哪一世先人娶的是陈炉某门之女，哪一世的小女叫什么凤儿帕儿的嫁于陈炉某门。与陈炉镇的人结亲，无异于投靠富贵，算是高攀。自小我也是知道沿土塬而上20多里地，就是那个出产吃饭碗的花花世界了。前年我去了一次陈炉的老姑家，看见我1岁时的像片嵌在这大砖窑的镜框里，他瞅我，我瞅他，其实是我自己在隔着快半个世纪的时光扪心自问，相互致意。老姑说，你怎么过了快 50 年才来看老姑呀！

对这里的最初印象，是我懂事后头一回到陈炉，满山满谷是瓷片的闪耀。童话里的世界莫非如此，眩目的光芒是带响声的，是陶土生出的金子在阳光下唱歌的声音。窑神庙上"地不爱宝"的祈祷，是最好不过的对于故里的赞美诗。事实上，我那一次是来担碗的，生活的意义犹如嫩肩上的血泡，至今想起来仍然会觉得疼痛。之后若干回来过这里，看制坯的神奇、雕花的巧妙，晾坯的挑担人如耍杂技，出窑的场面像囊中取宝。也听过老窑工唱的酸曲《姐儿门前一树蕉》，便隐隐约约觉察到民间的情感是怎么样流动在"玉壶春"上的，粗粝之手随意的一撇一勾，一红一蓝，不小心就造就了东方精神的瑰宝。

一切都好像那么遥远，那么漫长，那么如梦如醒。个人的经历算不了什么，尤其是在这千年古镇上，在这始于神秘待考的"周至五年"的瓷都，记忆的碎片是繁琐的。而被本地人视为弃物的罐罐垒墙，却成了异地游客眼中的一道古色古香的亮丽风景。如果踏入这里的陶瓷展览馆，那才叫如入宝库，其琳琅满目的千件精美绝伦的瓷品，引领你走过一条历史的长廊。别说是作为观赏的青釉刻花牡丹梅瓶，就是那造型粗朴的油敦子上的黑釉，也让你惊叹它质地的纯正之美。小时候听过这样一个笑话，说陈炉镇上的细胳膊死了，赶紧去买油敦子。因为这种器具肚子大，脖子细，小孩子会以为是细胳膊的匠人才可以捏出来的呢。

这倒使我想起细胳膊之外的另一个奇人来。他是陈炉人，是那个唱《炉山图歌》的进士崔乃镛。清朝康熙年间荣登金榜，当过云南等地知府，后调任湖北督粮道台。就像电视剧《天下粮仓》里演的戏差不多，此乃美缺，好腐败啊。唯崔氏官任三年，依然两袖清风，但正是因为他革除贪官，触犯了地方污吏，反遭诬陷被谪，贬至渭南，是为"渭南无知先生者"。后回故乡陈炉，以诗书笔墨为伴。乾隆时被平反，诏他复职，却称病力辞，宁可过平民百姓的日子，一直到死。他为窑神庙捐献的紫铜香炉，据说还在。崔氏诗文，尚有遗存。我的曾祖父好文，曾收藏有崔氏所书诗作中堂一帧，在家中正窑里悬挂过多年。常说起写这字的崔道台，说是留给小女的唯一遗产是一箱子字纸，却成了无价之宝。也许其中有我老家曾收藏的那幅字纸，其诗文的浩渺、书法的精到，是今天的许多诗人和写字的所谓书法家要羞愧的。

我走进陈炉镇瓷窑旁的一个老户人家，是叫作"农家乐"的游客接待户。我想，也许我是进了念想中的崔家。吃着烙馍，就着红萝卜丝，喝着绿豆汤，成了神仙一样。陈炉的水土和火焰，铸造了

"巧若范金，精比琢玉"的瓷品，也同样滋长了"击其声锵锵如也，视其色温温如也"的号为餐霞的一代贤达。

它就是一件恒久的永不腐烂的陈炉瓷器。即使碎了，即使风雨侵蚀，它的物质的精神的实质不会磨灭。它和无数弃物一样的瓷片一起，垒起了这座陶瓷古镇的墙壁、道路和城廓，以厚重与丰饶的风景竖立在我故里的土塬之巅。它既守望在这片绝不贫贱的土壤上，又在很早的时候就上路远行，把晶莹的礼物带给了远方。

我不是远来的游客，我是那个"少小离家老大回"的人。

耀州窑殿堂

郭沫若是我所崇敬的浪漫诗人，他的书法造诣，今人可以比肩者寥如晨星。我每次步入耀州窑博物馆，都要阅读一番大堂里的《西江月》这幅杰作。"土是有生之母，陶为人所化装，陶人与土配成双，天地阴阳酝酿……"恰是在说这块土地，这片陶场。我问东星先生，他说此作是从东洋日本复制来的，放在这里也合适，它与国家级乃至世界级的陶瓷博物馆如鞍马一样匹配。

穿行在这座琳琅满目的古陶瓷殿堂里，如同潜入一座埋藏在地下的宝库。陈炉镇依然薪火炽烈的窑场，是彰显在地上的东方文化遗存，而这迷宫般的古董群则是中华民族精神的根或灵魂了。从仰韶时期的陶片，到唐宋各代的三彩青瓷，有什么东西可以如此久远地流传于世，而丝毫没有减去它智慧的光泽？贡品也罢，民品也罢，看的用的玩的也罢，这种生活的创造所拥有的交响，曾经响彻了漫长的时间和广阔的空间。也许在偏远的农家，你会偶然遇上土人端的饭碗是一件宋瓷。也许在罗马的古董店里，你爱不释手的一件瓷器原来是你的故乡烧制的。我听乡里人说，那些瓷瓦片是从地底下刨出来的，是先人们扔掉的废品。这话听着是贬意，也是自豪感，可以想象我们陶人的祖先曾经是多么的荣耀。民族史的文字或图片符号，没有比这些古陶瓷实物的光泽更让后人眩目的了。

是的，我们正站在岁月的废墟之上，站在被昔日的炉火烧熟了的焦土之上。它不是生黄土，它是每一镐下去都可以挖掘出智慧和故事的文化层。无论是唐宋窑址，还是这现代屋宇下陈列的珍品，都在以它能够触摸到的具象，有鼻子有眼地昭示着已经流逝的光焰。

我不想逐个去推介每一处窑址的尺寸、每一片碎瓷的裂痛、每一件陶品的来龙去脉，我只想说，这里有一个文化的秘密，一个美的传说，一个能够陶冶现代精神的富矿。作为瓷都，曾经由此为源头，骡马商队从这里出发，经西安，过陇山，穿越河湟，进入大漠，再翻过葱岭，直达波斯、罗马。或通过南岭，涉入海洋，从海上抵达远方。它是一条丝路，也是一条瓷路，柔软地也是坚硬地沟通了更阔大的世界。

在这样的殿堂里，你无论怎样海阔天空地去想象，它都会给你以坚实的物质依据和强劲的智力支持。我们把具有现代文明意义的此类设施称作博物馆，在当时烟火缭绕的十里窑场，它是叫作窑神爷庙的。由此向北不远，曾有过一座气宇轩昂的古建筑群，便是弘扬陶瓷文化的精神课堂。我在十一二岁的时候，从东塬上的窑洞小学升入这里读书。出入高大肃穆的古庙，感觉到的是破旧中的富丽堂皇，更多的是离开家舍走入社会的新奇和拂之不去的恐慌。知识在教课书上，在作业本里，却丝毫没有发现身临其境的古屋和石碑中的大知识。多少年之后，我才明白了这座校舍，它是被遗忘被遮蔽了的光耀夺目的所在。我记忆中的"德应侯碑"，原来是宋朝元丰年间的宝物，德应侯是谁？就是这里的土山神。奏封窑神的耀州太守阎某，也想扩大耀州青瓷的知名度，闹出点政绩来，便有了"贤侯上章，天子下诏，黄书布渥，明神受封"的创举。在当时的陶人看来，陶业造化在神，建庙祀奉当是情理中事。有庙当有庙会，可以想见社火、戏曲、杂耍、吃食的场景是多么热闹，是精神信仰，也是娱乐使然。

按碑记所说，黄堡镇西南一带，曾是青山绿水，盆地犹如手掌，住在这里的人们以陶为生。合土为坯，方圆有矩，灼之以火，赫然成器，在原始手工业的流水线上，黄土变成了如金似玉的瓷品。神话的祈祷，并没有抵挡得住元代战乱之后的衰败之势。明代之后的陶业市场之争，使十里窑场沦为废墟，取而代之的是陈炉窑的高高耸起。陈炉一带曾是先驱者，上店、立地坡、黄堡、陈炉，所谓的"上立黄陈"一说，最后的胜利者又是陈炉了。而这里只是在现代出产过粗糙的陶制排水管子或电瓷葫芦子，耀州青瓷的仿制品的出炉还是近些年的事。

耀瓷博物馆门前的装饰倒流壶，玲珑隽永，水声喧哗，是源远流长的祝福。

香山与照金

我是头一回去香山和照金。这里是耀县城西北近百里处的一脉山，山势雄奇，犹如涌动着的牦牛或猛虎。地处边缘，却也造化了佛，香火之盛远近闻名。20世纪初期"闹红"的时候，这一带成了红色的圣地。

祖父和我说古经时，说到这一带的柳林、庙湾，他吆骡子驮炭贩盐，没少走过这北山路。有一回，邻村人让他们骡队捎过一个读书人，途中多了累赘，有相助的也有嫌弃的。谁知一到北山红区，这读书人成了贵人，被高骡子大马迎了去，队伍上还请骡队去吃肉喝酒。原来，他是地下党，后来做了大官。父亲吆骡子时年少，有时掉了队，荒路上遇到陌生人，怕是劫道的，就恭敬地打问道："老叔，看见前头有一个黑骡子一个红骡子三个灰骡子的驮队没有？"人家顺口答道："没有。""那说拜托老叔你，见了这个驮队捎个话，就说一个吆红骡子的年轻娃前头走啦。"这番话其实是个窍，父亲说他明知道骡队走远了，只是想壮个胆，给人家亮个耳，人家也未必就是土匪，但出门人不得不防。

我是坐车经过这里的，心想，这盘旋于山谷间的路曾经是有过骡马蹄印的。近几年，老家凡上了年纪的人几乎都上过香山，为的是朝拜神灵、消灾避难、求财祈福、延年益寿。香山寺可谓千年古刹，三峰耸立，又称三石山、笔架山。始建于苻秦，隋唐时尤为兴盛。传说香山为观世音真身修炼成佛之地，"北有香山，南有普陀"，这香山说的是此香山，而不是北京的香山。耀州香山是大香山，北京香山只是小香山，据说这话是为此题匾的赵朴初老先生说的，我也未加考证。在寺中，正遇上法事，僧人如云，梵音荡漾。善男信女们有老有少，也不乏窈窕淑女，在虔诚地叩头作揖，点燃着亮若繁星的蜡烛，认真地做他们内心的功课。一位妇女显然重病在身，疼痛难忍，依然祈求神灵让她躲过眼前这一难。下山时，见一位年迈的老人被儿女搀扶着上山，烈日当头，到寺院还有十里八里路，老人每挪动一步都很艰难，又没备水和食物，也许我的担心是多余的。向导说，香山寺原先规模宏伟，听说是"闹红"那阵一把火烧了。因寺中有一股匪兵，不得已烧掉的。

车向西行了一阵，来到一座黑黝黝的大山下，抬眼可以看见几孔洞窟悬在半崖上。这便是照金的薛家寨，唐代名将薛刚在此驻守过，也曾是 20 世纪 30 年代陕甘边特委的中心堡垒。于是，又有了"南有瑞金，北有照金"一说，星火燎原，照耀了周围多个县域以至使陕甘、陕北连成一片。寨子里的石阶、吊桥、红军医院、被服厂、兵工厂、修械所和仓库，痕迹依稀尚存。照金是今天的功臣，在旧址的纪念馆里有一部血与火的史记，让这里光耀如金。自然环境如画，不等于地理区位和生存条件的优越，居住在这红色土地上的人们，他们的物质和精神处境并不乐观，在今天显然是被城市化的时代远远地抛在了后边。坐在镇政府的屋子里，从简陋的办公设施可以看到奋斗之中的艰苦。小镇不逢集市，是十分清静的。环视四周的群山，的确苍翠碧绿，风景是令人陶醉的，但也是让你清醒的。

据说香山一带诸多的古庙宇正在陆续重建，通往山中的道路也在拓展之中，这是游人的期待，香山也在期待着游人。附近还有天华堡，前秦时代羌族首领姚苌曾在此建都称王。有秦直道遗址，有后周明帝练兵留下的箭穿崖，有隋炀帝兵行山下望晚霞而咏叹的传说，有唐王李世民避暑的九龙寨，有太子寺石窟的晚唐壁画，这无疑为这一带的旅游前景提供了丰富的资源。图画中正在化为现实的香照风景区，会让游人少一些遗憾，多一些快慰。

香山，照金，是缘于雄奇险峻的群山，也缘于它所处的边缘性，成为一道可以穿越历史文化长廊的风景线。它关隘重叠，峰回路转，金戈铁马，充满阳刚之气。同时，它平静安宁，隐逸世外，禅语梵音，尽是阴柔之风。让动的、静的，外在的、内敛的，进取的、坚守的一切言说，去诠释你的山川河流与人文思想。耀州会以你的这道屏风而熠熠生辉。

朝拜药王

称隋唐时代的孙思邈为药王，是清代之后的事，更多的是出自民间大众的尊崇。耀县城东边的这处苍翠的山，叫过磐玉山、五台山，先是缘于青石的资源，后是因为佛教兴盛，到了晚清则依照俗称都叫它药王山了。

药王的故里，在离这儿十多里地的孙原，那里有他和祖宗的坟茔，有陪过他苦读而依然鲜碧的古槐。他幼年时正当乱世，聪慧却多病，一生从事医药学研究，远离仕途，是当时社会的形态和他自身的命运所决定的。北周朝廷的召请，唐王朝的赐封，都没有动摇他从医的志向，而是隐入太白、峨眉采药，游走民间收集药方，之后回到故里，写成了他的医学著作《备急千金要方》。但他终于没能经得住唐高宗的召唤，还是进了京城，住了 17 年，再度回到故里，写成《千金翼方》，翻越中国医药学的大山，一直到他去世，活了141 岁。

药王是人，一个医德高尚、医术精湛的名医。他的名言是"人命至重，有贵千金"，是以人为本的倡导者。他为普通百姓看病，是群众的救命恩人；也给皇上娘娘诊病，唐太宗拜封他为"真人"。渐渐地，在民间传说中，药王成了种种离奇故事的主人公，孙思邈成了人间伏虎降龙的神仙。人们在面对大自然和人的生理自身时，常常会困惑不解，在自身力量不能企及的时候，便把一种希望寄托于虚幻的神灵。它也许在平庸的人间是找不到的，只是一种美好的向往，也便成了一种精神，长生不老。

我从小在老家就听说过这样一个传说，说药王行医也有过背运的时候，就去做了木匠，来人非要讨药，他只好随手抓了一把锯末，结果奏了效，他于是时来运转。也有说他当了放羊人，抓的是一把羊粪蛋，治了大病，从此名声远扬。锯末或羊粪蛋，也许就含有草药成分，尤其是经过动物的肠胃加工的百草，无异于中药丸子。民间口传文学的妙处正基于此，自圆其说，似是而非，是在增加药王的知名度，更多的是言说着有关运气的玄学立场。它是在找依附于名人的根据，捕风捉影，来宣扬一种价值观而已。

于是，人们把孙思邈尊为药王，来寻医药文化的根，来祈求健康与长寿。不管是二月二古庙会的朝拜者，还是平时的游客，都会在药王山获得心情上的灵丹妙药。入山门，就进入了一个古柏蓊郁的天地，然后站在通元桥上，仰视周围的景物。戏楼旁有盘旋于悬崖上的曲径，可以攀上南庵去看魁星楼、晒药场、药王手植柏、隐居地、碑廊、金元大殿。

如有工夫浏览一下药物标本的长廊，它告诉你的不仅仅是传说和岁月的遗存，还有植物界草木之辈生生不息的歌唱。但一般香客或游人，是端直去了北洞的。他们沿石阶攀上一天门石磴，仰望铁旗杆，进入药王大殿，便虔诚地跪在了药王脚下，叩头烧香，祈求的是神灵保佑、平安幸福。一般识文断字者，能把旁边《海上仙方》等石碑上的字认个大概就不错了，那是留给医学家或文物考古学家的专利读本。从半山腰可以走到后山，那里的碑林和摩崖造像石窟始于北周，兴于盛唐，其观音、弥勒菩萨、释迦牟尼等造像是珍贵的文化艺术遗产。但在民间，被叫作"摸摸爷"的造像名气最大。说是你哪儿有病，就摸摸他老人家的那个部位，再摸摸你的病根处，信息相通，手到病除，灵验得很。民间的说法，似乎"摸摸爷"就是药王，摸一摸就能消灾祛病，这又是一个精神安慰的实例。真是病了，还得去看医生，去吃药打针动手术。对医德、医药费的抱怨归抱怨，一门心思去求"摸摸爷"的人在乡里也极少见了。信仰的游戏，只是娱乐的方式。而善男信女的队伍有增无减，香火的行情看好，这绝不是药王孙思邈的责任，也不是他老先生所情愿的。

　　我从小就跟祖母朝过药王山，记得石磴上的香客是如何的拥挤，戏楼旁的小吃是多么香，山间的柏树是多么绿。之后若干次回到过这里，今又重游，才感觉是开始读它，读孙思邈，读药王山，甚至从家谱查阅与孙原的联姻线索，寻思这方水土血脉的走向。

香谷行

甲午九九重阳，我是在耀州申河的香谷度过的。

自唐朝柳公权故地流下来的赵氏河，在此处汇聚成一泓碧水，名为玉皇阁水库，时尚的叫法为香谷湿地。接天莲叶无穷碧，映日荷花别样红。当下时节，荷花凋谢之后，莲海一派苍黄，何尝不是别样美景。倒是满眼灰蓝色的薰衣草，不知不觉地被它特殊的香气所吸引。加上沟坡上零星的荞麦花，玉米、豆子与向日葵的籽实，柿子、苹果与野果和草叶的清香，觉得此处真是香谷的所在了。

说到这里的古经，比芳香的花草繁复得多。申河乃仰韶及商周文化遗址，多处断崖上有灰坑、灶坑、陶片及墓葬遗迹。附近有延昌寺，北魏孝文帝的女儿延昌公主曾结庵修行于此。玉皇阁之名，更是至高无上的称谓。有秦代城墙，还有唐朝杨贵妃的传说，也有明清建筑的堡寨和院落，整个一部千年历史长卷的缩影。

在这块生生不息的土地上，先民的生死遗迹、神话传说的记忆，成为今人精神生活的重要部分。如今修建的仿古民俗商业步行街，便连接起了文明进程的脚步。

眼下，自给自足的小农经济时代已经逝去，这里的庄稼人开始着手新的生活方式，把历史遗存和富于自然之美的香谷湿地作为资源，分享给城里人，让更多观光客来这里休闲养生，也改变了自己的活法。凭借传统的耕作收益甚微，流转的土地不只生长五谷粮食、果木菜蔬，还能种植收获颇丰的诱人风景。他们从遥远的新疆喀什购来薰衣草苗子，栽种于两百多亩川地里，道旁和沟坡种植数万株竹子、葵花、月季、四季桂等花木，围绕着数千亩莲藕湖泊，显然成了一方怡人的旅游胜地。

名为香谷的湿地，是鸟类的天堂，有雁鸭、黑鹳、野天鹅和野兔等多种野生动物在此栖息。尤其到了冬季，大批白天鹅成群结队在这里越冬，吸引着远方向往乡村游的客人。

伫立于黄土香谷湿地的茅庐旁，可以望见赵氏河高速公路高架大桥，在天边凌空展翅，连接着关中与塞北。这里也与当地药王山、照金、香山、陈炉、玉华宫旅游环线相通，一条黛色公路把游客带向一处处迷人之境。

离开这里时，主人所赠送的礼物是一小袋暗香盈袖的薰衣草。薰衣草是一种芳香药草。细窄的叶片呈灰色绒毛状，细长的茎上是灰蓝色的花朵。油脂腺为星形的细发状，用两指搓揉花或叶，会挤出一些油来。晾干后的薰衣草，会在枯干之前将生命中最后的精气喷发出来，化作了香味。此物可放衣柜或枕头下，有杀虫抗菌、净化空气的药用功能，且弥漫着不灭的念想。

辑四

西出长安

西安城西，有一尊人马骆驼组成的粗石群像，标志着这座城堡的一页史诗。汉唐时代的丝绸之路以此为起点，勾画出了迢迢西路上诱人的景观。

所谓的丝绸古道，自然与养蚕缫丝有关系，与我们先民的穿衣密不可分。《诗经》中的"女执懿筐""爰求柔桑""载玄载黄""为公子裳"，唱的就是养蚕织帛的情景。春秋时就有丝织品出口，汉朝的丝绸恐怕是创汇的拳头项目，是经西域运往波斯、罗马的。这条道儿，渐渐成了中外闻名的丝绸之路。

从广义上说，丝绸之路是指古代中国与世界进行贸易往来的通道。那时候的丝织品，多是从这些道路运往国外的，先是陆上丝路，后来被海上丝路取而代之。

陆上丝路最有名的当是我们要走的西北丝路，即从长安出发，经河西走廊通往西域的道路。西域一般指天山南北路，也可泛指至中亚细亚。大唐时，丝绸之路最为兴盛，至元朝时陆路被海路替代了。从地图上看，丝路始自长安，分南北两路至张掖（古时称甘州），合为一路至安西（即瓜州），然后分三路经天山南北分别抵达伊宁和喀什，越葱岭而西去。自公元前 2 世纪张骞通西域之后，使者商人相望于道，便开始出现了繁荣的气象。

还有一条便是西南丝路，可以认为是以长安为起点，经成都、西昌，渡金沙江，过大理，入缅甸抵达印度。有专家认为，这条通道的开创应早于西北部丝绸之路。它的地形地貌、自然景观、风物人情，是与西北丝路截然不同的。

另一条丝路被称作吐蕃丝路，也是从长安出发，经天水、兰州，入青海境，过西藏，由尼泊尔到达印度。相比之下，这条道要萧条一些，但贸易品种多样，有黄金、麝香、瓷器、食盐、茶叶等，当然也少不了丝绸绫缎。

这三条位于西部的古丝路，或辽阔粗犷，或清秀幽远，或地广天高，各有各的景象和风情，构成了通往西方的大陆桥，有异曲同工之妙。而西去的不只是丝绸、造纸或桃儿、梨儿，东来的也不只是葡萄、石榴或苜蓿、芝麻，绘画、音乐、舞蹈等文化艺术的东渐之风，也随骆驼、马、牦牛的铃铛一起奏鸣。

因为这三条光芒大道，汉唐的首都长安，成为世界上数一数二的大都会。西域的商人、僧侣以至小国国王，也看上这个好地方，顺着丝路而来，住得舒适了便不走了。那时的移民政策也宽松，城市便膨胀起来，人种也自然没有了纯粹。

唐诗中有这么两句："流传汉地曲转奇，凉州胡人为我吹。"这是李颀写给唐玄宗的乐师老安的。老安家在武威，篳篥是用从南山砍的竹子做成的，可这种乐器本来出自龟兹。

长安城时尚的胡化，与眼下的洋化一个道理。李白有一首《少年行》，五陵一带的富贵少年，在西市上银鞍白马，春风得意，落花踏尽之后，笑入胡姬酒吧，是何等的奢侈。他们也许是来投资的，或者是来消费的、旅游的，是送钱来的，主人应该笑脸相迎才是。

可眼下作为西部之都的西安已经落伍，也正在起行，重振汉唐雄风。但毕竟，东南沿海和外国商人成了这座城市的座上宾。就像当初海上丝路取代陆上丝路一样，蔚蓝色海面上的尖船利炮，比大漠之舟的骆驼要厉害得多。

河西走廊

"晨风吹来，一阵凉爽，新的一天又开始了。"

我的睡梦被列车播音员清新优美的声音唤醒了。接着，广播里响起一组西域风格的歌曲，是大多数人都耳熟能详的流行歌。王洛宾作为西部一代歌王，是让人羡慕的。他把这一带大自然的美景和劳动的快乐收入心中，酿出了酒一样绵长的歌。它唤起人生活的信念和对美好事物的向往之情。尤其是在人们身临其境时，一种内心的满足感油然而生。

在餐车上听女列车长说，车正过乌鞘岭。睡梦中，已经进入神秘的河西走廊。窗外是开阔的川道，一侧可见裸露的峭拔的山脉，想必是祁连山了。看车窗外的站牌，是武威南。眼前，河西走廊的地貌有点像关中平原，只是秋天来得早一些，田畦旁一排排高耸的小叶杨，黄亮亮的叶子分外鲜艳，在洋洋洒洒地飘落着。住舍却少有瓦屋，多是土坯造的矮小的平房，晾晒着黄澄澄的玉米。农人正在田里收拾苞谷秆，地里有牛、羊、毛驴、骡子，这与关中平原的生态景观已完全不同了。与农业文化气息相通的家畜，在发达地区已被钢铁肌体的机械化取而代之，但在这里还保留着落后生产力的某种温暖。一片片鲜黄的油菜花，在这个季节，可能是作为饲料用的。

再向西，树少了，人烟也就少了。偶尔有一群羊，不算丰茂的草地，起伏或平缓，只是没有瞅见人影儿。草好一些的地方，有塔状的东西在辽阔的滩地上有规则地耸立着，好几米高，是草场的地界吗？没搞明白。

从唐朝丝路的地图看，河西走廊以西的大片领域，几乎是一个空白。先是岷山下今称岷县的临洮，再是今称巴燕的河西九曲。紧接着的是青海湖，那一枚硕大无比的充满咸味的高原的眸子。也就在其西面的广阔地域，只标了三个大字：吐谷浑。

安史之乱时，吐蕃军趁边境空虚，竟攻入首都长安。十数日后，被郭子仪大军逼退。之后的吐蕃之战，秋风汉关，云压岷山，严武领兵收复失地，并写有《军城早秋》一诗。杜甫漂泊到成都后，严武作为剑南节度使关照过他，于是杜甫也写诗相和，算是一种礼物吧！王昌龄的"黯黯见临洮""白骨乱蓬蒿"，是说多少勇士在这里征战，留下的只有杂陈于野草里的白骨了。吐谷浑，原是鲜卑族建立的一个国家，先是被隋朝所灭，后又降服大唐。之后，吐谷浑被吐蕃所灭。

人们所熟悉的唐诗中，有一首王昌龄的《从军行》："烽火城西百尺楼，黄昏独坐海风秋。更吹羌笛关山月，无那金闺万里愁。"驻守吐谷浑故地的唐军士兵，在青海湖边的烽火台上，于黄昏时分吹奏羌笛，思念着家中的妻子，该是多么忧伤啊！为维护河西走廊丝路的不受侵扰，唐朝廷曾几次统兵抵御吐蕃，青海湖边的沙砾堆中，有一半是战死士兵的骸骨。顽强地与吐蕃作战却不惜士卒性命的哥舒翰，日后被朝廷封为西平郡王，功过是非，任人评说。

所谓河西走廊，是位于黄河以西，被祁连山和北山夹在中间的狭长地带，自乌鞘岭至星星峡长达1200多公里，宽度为几公里至100多公里。说河西走廊是丝绸之路的咽喉，是名副其实的。

楼兰

　　列车是潜行在夜里的一条现代大虫，如入无人之境，呼啸在古丝绸之路上。驼队马帮虽然已经十分稀罕了，但大自然的风物似乎并没有多大变化，除了戈壁滩就是大沙漠，间有比例很小的绿洲。在我们似睡非睡的梦境中，列车已过了安西，过了哈密，过了吐鲁番。车窗外的山峦，虽说依旧是祁连山的貌相，却已是天山了。

　　古丝路在安西和敦煌分岔，一分为三，有北新道、北线和南线。北新道是由安西向西北越过戈壁滩，经哈密、吉木萨尔、乌鲁木齐抵伊宁。北线是由敦煌出汉玉门关，经鄯善、吐鲁番、焉耆、库尔勒、库车、阿克苏至喀什。而南线则是从敦煌出阳关，经米兰、若羌、且末、和田、叶城至喀什。我们乘坐的火车路线，是由敦煌的柳园经哈密，又从北新道跨到北线的鄯善，直抵库尔勒。

　　对于向往中的楼兰，我们绕了一个半圆，但始终与它形成一个相对的距离，只是在联想中让心灵抵达。

　　不破楼兰终不还，楼兰，成了西域的代名词，让多少唐朝的诗人吟咏不尽，也让今天的摇滚乐手们当成标签，歇斯底里地嚎叫着"楼兰楼兰"，穿着牛仔服，喝着啤酒，叼着香烟，甩着彩色的长发，念思古之幽情。诗仙李白也是够狂的，他发出的是"愿将腰下剑，直为斩楼兰"的英雄式的浩叹。

其实，古楼兰国早在唐朝诞生 200 多年前已神秘地消失在沙漠深处了。直到距今 100 年前，一支由瑞典人斯文赫定带领的探险队出现在罗布泊，一个维族向导在走失后连人带马被吹到了一座废墟中，沉睡千年的古楼兰醒来了。丝绸还在说话，说一些"子孙无极""延年益寿"的吉利话。

西汉时的丝绸之路，给了楼兰国以商机，之后被匈奴吞并，反过来与西汉为敌，抢劫商旅，阻断丝路。于是，汉将霍光派人出使楼兰，贪图财物的楼兰王来了，在宴席上掉了脑袋。其弟被立为国王，为避开匈奴，迁都到今天的米兰一带去了。楼兰城成了汉朝的军事要塞和大驿站，但到了东晋年间便神秘地消失了。

我们从地图上可以看到，阿尔金山与天山之间，几乎全部都是沙漠。从塔里木河进入的塔克拉玛干沙漠，是那里最大的沙漠。在其东边，写着"罗布沙漠"。这里也是没有水的瀚海。那里有古代的楼兰国，即鄯善国。日本少年探险家橘瑞超步瑞典人斯文赫定和斯坦因博士的后尘，在罗布沙漠中寻找古楼兰国的踪影。他说，因为他不知道古楼兰国曾经有过什么样的佛教。

橘瑞超在《中亚探险》中写道，在汉代，楼兰国常常成为匈奴的走狗，有时与汉结盟，有时像蝙蝠一样，耍苦肉计，介于汉和匈奴两大势力之间，勉强维持其政治生命。楼兰处于汉与西域诸国之间的交通要道，双方都想让楼兰服从自己，以地理位置的优势对付对方。正是在这个时候，汉武帝派博望侯张骞到大月氏国，缔结攻守同盟遭遇失败后，又派军队讨伐大宛国，多次遣使者出访西域诸国。但汉代的使者每经过楼兰国，都被逮捕或杀死，便惹怒了汉武帝，随之派兵楼兰国。作为降服的标志，楼兰王把一个王子送到汉朝，同时又把另一个王子送到匈奴那里，发誓严守中立。就在汉朝的远征军攻打匈奴的属地时，楼兰王内通匈奴，让匈奴的士兵偷偷进驻国内，又激怒了汉，汉武帝再次起兵打到楼兰首府杆泥城。国王大为恐慌，开门谢罪，汉武帝在赦免楼兰王后，又要求他监视匈奴的动静。

楼兰王死后，需要在汉朝当人质的王子回去继承王位，王子为父王的死非常悲痛，但不想回国，让弟弟继承了王位。新王不久又死去，匈奴借机让在本国当人质的王子继承了王位。汉武帝知道后大为吃惊，企图诱骗新国王到汉朝扣为人质，却未能成功。在楼兰与汉交界的玉门关以西，有一个叫白龙堆的地方，风沙经常刮到空中，像龙的形状，旅行者容易迷路。汉朝便命令楼兰随时协调解决向导和饮用水的补充问题。由于汉衙役经常虐待楼兰向导，最终导致楼兰方无视汉朝命令，拒绝帮助，双方又产生了摩擦。汉武帝派刺客杀了新国王，送给在汉朝当人质的王子一名美女，让他回国继承了王位，听候汉朝使唤。后来，汉的势力削弱，楼兰又背叛了汉。

在丝绸之路上，由于交通条件落后，西域被认为是就像《西游记》里所描写的妖魔鬼怪住的地方，百鬼夜行是那些国度里的常事。13 世纪时，马可·波罗在行记中说，自古以来，这个沙漠中的妖魔鬼怪会迷惑旅行者，以把他们引入死亡之渊为乐趣。399 年的法显西行取经路上，也说一出玉门关，附近有恶鬼，有时突然会被热风刮起，面临的将是死亡的危险。天空无一鸟，地上无一兽，一望无际，视野可以达到极端，可以作为标记的，唯有暴露在沙漠上的人骨和兽骨。这些恐怖的情景，多是发生在楼兰所在的罗布泊一带的。

《汉书·西域传》中是这样记载楼兰的：鄯善，有 1750 户，人口 14100 人。土地贫瘠，因含盐分，故耕地少。从邻国买入农产品，本国产品只有柽柳、玉石、芦苇类、白草类。居民逐水草、追家畜而转居。多骡、马、骆驼，居民懂武器制造法。

法显记载道：出敦煌，行 17 日，距离 900 公里，抵鄯善国。国土贫瘠，多沙砾，凹凸不平，以国王为首，国民皆佛徒，僧四千人。

根据玄奘的记录，他在唐太宗时代，从印度回来的路上，经过了楼兰国。玄奘则以"至折摩驮那故国，即沮末地也……复此东行千余里，至纳缚波故国，即楼兰地也"的简单记录作为他旅行的结尾。《大唐西域记》中有关徙多河即塔里木河的记载，如发源于狮子口的这条河流进入东北的海，即罗布淖尔或蒲昌海，潜入地下，变成积石山河又流出，成为中国河的水源。

对于这种说法，橘瑞超说，奇怪的罗布淖尔的去向可能是黄河的源头。而在汉唐时，楼兰南边的罗布淖尔这个大咸水湖，已经大为缩小了。楼兰的位置究竟在哪里？都说在罗布泊周围，而准确的位置仍然是一个谜。用橘瑞超诙谐的话说，如果一定要知道的话，只能去问长眠于变化无常的沙漠之下的楼兰国民了。

如今，这片茫茫的大沙漠，竟然是古楼兰王国的遗址。今天的罗布泊也已经干涸，曾经是万人之国的楼兰，生命已不复存在。

从轮台望葱岭

库尔勒与西安的时差约两小时，八点钟天微微亮，九点钟日出，人们在十点钟才开始上班。我们一行坐了便于在沙漠中行走的"牛头"面包车，在晨光中向南边的塔克拉玛干行进。

塔里木盆地，处于塔克拉玛干大沙漠的北部。出库尔勒城不远，又见无边无际的盐碱滩，白茫茫一片，像经久不化的积雪，在质地上又恰似白银世界。偶尔有一处水草地，坚韧的芦草像是在孤独地张扬着生命的绿色。

向西行是轮台，这个地名需要注明，眼前的轮台是汉代的轮台，另一个轮台是天山以北的唐代的轮台，在乌鲁木齐附近。

一般来说，唐诗中凡提到轮台，大多都是指唐轮台的。岑参的名句"北风卷地白草折，胡天八月即飞雪。忽如一夜春风来，千树万树梨花开"，写的就是轮台奇异的雪景。"轮台风物异，地是古单于。""轮台万里地，无事历三年。""轮台东门送君去，去时雪满天山路。""何处轮台声怨?"轮台，逐渐成了边塞的代名词。到了宋朝的陆游，躺在绍兴老家的村庄里，也吟咏"尚思为国戍轮台"，梦想乘着铁骑踏过冰河向西北挺进。

除唐轮台外，汉代还有一个轮台，它是当时的西域三十六国之一，其故址在南疆的轮台县以南，也就是我们此时脚下的地方。

西汉的张骞第二次出使西域，到了伊犁河畔的乌孙国，用金帛换回了骏马，武帝视乌孙马为天马。"乌孙归去不称王"，称臣于汉，联合抗击匈奴。之后乌孙王以良马千匹为聘礼，换回了汉廷江都王的女儿刘细君为妻。乌孙马和大宛马大量输入汉朝，以交换茶叶和丝绸，即所谓的茶马贸易。大宛马汗色如血，故名汗血马，起先汉武帝想用千金换回汗血马，大宛王不依，还杀了汉使，劫了财物。武帝大怒，派李广利前去讨伐，先攻下轮台，历经四载最终攻克大宛城，杀了大宛王，得到了大量汗血马回到长安。武帝喜新厌旧，称大宛马为天马，乌孙马只好易为西极马了。于是，也引出了无数"马诗"，李白、杜甫、李贺都写过不少。由此又引出了马球和马球诗若干，如果搁在现在，无疑又会热闹"马文化""球文化"了。

由轮台向西是库车，是历史上有名的龟兹所在地。西汉初年，西域有 36 个小国，分布在丝路的南北线路上。以城为国，小的国家只有几千人，拥有人口最多的是龟兹，约 8 万人。自张骞通西域后，中原与西域使臣往来频繁。汉宣帝时，在轮台东北的乌垒城设西域都护，管辖西域诸国。王莽时，西域交通断绝，匈奴猖獗。到东汉明帝时，命窦固北击匈奴，班超为假司马。后因战功卓著，班超又带了 36 人出使西域南道。

班超先后到了今天的若羌、和田、喀什一带，平定了南道。永平十八年，明帝去世，章帝即位后，下令撤回西域屯兵，龟兹、姑墨趁机不断攻击，独留疏勒的班超孤立无援。在接到章帝命他还朝的诏书后，班超回到了于阗，却被痛哭流涕的于阗王侯抱住了马脚，不让他东行，班超只好又返回疏勒。之后，班超率疏勒、于阗等国兵大败姑墨、莎车，威震西域。

当时的中亚还有一个野心勃勃的强大国家，就是月氏人所建立的贵霜帝国。贵霜王遣使来见班超，说要以娶汉公主为修好的条件，被班超拒绝了。这月氏人最初居住在敦煌一带，后被匈奴击败后西迁到伊犁河流域，在乌孙攻击下又迁到阿姆河上游，张骞曾访问过这里。贵霜部落统一大月氏后，与汉朝关系时好时坏，当遇到班超拒绝后，便十分怨恨，遂出兵 7 万攻击班超，却被兵力甚少的班超击败了。从此，贵霜帝国对汉朝岁奉贡献，不敢有违。

之后龟兹、姑墨皆降，归为西汉领土，班超就任西域都护，驻龟兹境。大破焉耆后，西域遂平，"五十余国都遣质子臣属于汉"，班超被封为定远侯。班超遣甘英出使大秦即罗马帝国，虽抵达安息国西境，未到大秦而还，却为拓展丝绸之路开了先河。班超在西域31年，堪称丝绸之路的保护者。

唐朝灭了龟兹国，将安西都护府设在这里。汉代的烽火台，唐代的龟兹城，今日还残留着不灭的遗迹。

晚唐诗人吕敞写过一首《龟兹闻莺》，其中说"人言曾不辨，鸟语却相知"。他虽然听不懂这里人说的话，鸟类细碎的啼鸣却那么的亲切，它们为边塞的树木增添了缤纷的色彩。树木和小鸟，让人感激生活的风景，又可见此地的自然环境是多么寂寥。

玄奘当年在龟兹停留60多日后，又西行600余里，穿越小沙碛，抵达跋禄迦国，即今天的阿克苏，古称姑墨。跋禄迦国的佛教通行小乘有部，玄奘在这里停留了一宿。接着向西北行300里，度过石碛，到达凌山，即今天温宿至伊犁之间的冰达坂。凌山冰峰耸立，陡峭难行，加上寒气逼人，经过7天时间才走出险境。随行者冻死十之三四，牛马更多。然后到达大清池，即今天吉尔吉斯境内的伊塞克湖，沿湖西北行500余里，至素叶城，也就是碎叶城。

当时的素叶城为西突厥汗庭，时值夏天，叶护可汗驻牧在这里，殷勤地接待了来自东土大唐的高僧，并请其说法讲经。其人信奉拜火教，玄奘因之施教，讲说十善、爱养物命及波罗蜜多解脱之业，可汗举手叩额，欢喜信受。在素叶城停留数日后，可汗找到一位曾在长安学习过汉语、又通达以西诸国语言的少年，封为摩咄达官，并给诸国写了书信，命其护送玄奘至迦毕试国。临行时，可汗又赠法服绢物，与群臣送别十余里。

唐玄宗天宝十载春天，也就是公元 751 年，在安西都护府任职的岑参，因公务到了龟兹之西的姑墨州。那里有一条小河叫胡芦河，即今天流经阿克苏的托什干河，它是塔里木河的上游支流。报警的烽火台叫苜蓿烽，就耸立在胡芦河边。诗人岑参来到苜蓿峰上向东眺望，心想这里是离长安更远的极西之地了，想到家人，不禁泪湿衣巾。

于是，岑参写了一首诗寄家人："苜蓿峰边逢立春，胡芦河上泪沾巾。闺中只是空相忆，不见沙场愁杀人。"

由阿克苏向西，是唐朝时的疏勒镇、汉代的大宛国领地，即今天的喀什。唐代疏勒的遗址，在今天喀什之东约 30 公里处，附近是一片洼地，尚残留佛塔和寺庙遗址。从那里再西，就可以通往境外波斯、大食等国了。

而葱岭，就在疏勒与碛南的西边。丝绸之路的南线在疏勒与北线汇合，再往北就是热海和碎叶了。作为唐朝丝绸之路上的要地，热海和碎叶一向被朝廷所看重，曾设立碎叶镇，是受安西都护府管辖的四镇之一。后来，唐朝廷允许西突厥可汗进驻碎叶城，唐碎叶镇迁到了焉耆。为平定叛乱，保护丝绸之路的畅通，唐王朝又多次派兵攻打并进驻碎叶和热海一带。

诗人王昌龄写过《从军行》，其中一首写道："胡瓶落膊紫薄汗，碎叶城西秋月团。明敕星驰封宝剑，辞君一夜取楼兰。"

安史之乱后，唐廷将大批守边的军队内调，吐蕃趁机侵入西域。"胡风略地烧连山，碎叶孤城未下关。山头烽子声声叫，知是将军夜猎还。"军情紧急，将军反而狩猎游乐，可见渎职之事古来就不乏其例。

李白在《战城南》一诗中讲到的"今年战，葱河道"，是天宝六载的事，安西节度使高仙芝率步骑军一万人征讨吐蕃，经疏勒登葱岭，行军百余日，一直打到今天伊朗境内的条支国的海边去清洗兵器，在天山盖满白雪的草场上放马。长年征战，驰骋万里，三军将士们都已衰老。匈奴人以杀人为日常之事，就好像我们耕地种田一样。自古以来，边塞的黄沙中布满了战死者的白骨，秦筑长城，汉修烽火台，战争从未停息过。人死郊野，败马嘶鸣，老鹰食尸，肠挂树梢，这才明白武器、军队并不是什么慈善的东西，圣人用它是不得已的。

　　"葱岭"的称谓，早在《汉书·西域记》中就被提到。《水经注》引《西河旧事》道："其山长大，上生葱，故曰葱岭也。"玄奘在《大唐西域记》中称其为"波谜罗"。显然，它是"帕米尔"一名的同音异译。今天通称的帕米尔高原，是天山、喀喇昆仑山和兴都库什山等交会而成的山结。其东部位于新疆西南端，最高处海拔7700多米，虎踞地球之巅，享有"万山之祖"的美誉。

　　葱岭，自古是丝绸之路的要冲。历代政府都在这里设有驿站，以保护丝路的畅通。东晋的法显、大唐的玄奘、元初时意大利的马可·波罗，都曾亲临其境，写下了流传万代的游记。这里世代居住着塔吉克、柯尔克孜等少数民族，属塔什库尔干塔吉克自治县境地。今天的中巴友谊之路从这里跨过，中国通往亚非拉一些国家的国际航线的班机，也从这万仞高原的上空飞过。

　　我们途经轮台，在轮南二号井驻足，这里又是一个小小的绿洲。

敦煌

敦煌城，在尘土飞扬中迎接我们。我们也是风尘仆仆，从西向东，一队仿古的现代旅人，好不容易抵达了归宿之地。

城外的河水很浅，泥沙含量大，来往车辆是绕道从河床上行驶的。说是大桥前不久被洪水冲垮了，心想这儿还会有洪水吗？一河之隔的县城与石油基地，形成外观上的差别。这是以农牧为主的一县之城与现代工业的差别，但总是相辅相成、各有长短的。

敦煌，可是一个大名字，一个贯穿历史、闻名天下的好地方呵！

当初，唐玄奘被凉州都督秘密密送至瓜州即敦煌后，瓜州刺史独孤达闻讯非常欢喜，供养十分宽厚。唐玄奘向刺史访求西行的路程，得知从那里北行50余里，有瓠芦河，下广上窄，洄流很急，深不可渡。那里设有玉门关，是必经之路，也是西境的咽喉所在。出关西北又有5座烽，各相距百里，没有一处泉水和一根草木。五烽之外，就是莫贺延碛。进入莫贺延碛，就是进入了伊吾国即今天的哈密境内。

玄奘听了刺史的一番介绍，心里不免担忧。而他西行的坐骑——那匹可爱的马儿已经死去，继续向西行，还能有什么办法呢？就这样，他在瓜州耽搁了一个多月，而凉州的官方文书即访牒也送到了这里。文书中说明要缉拿一个叫玄奘的出家人。幸好州吏李昌原是虔诚佛法的人，他得到文书后，首先怀疑眼前的这位出家人可能就是所要缉拿的人。州吏出示了牒文，并问法师是不是玄奘。玄奘正在迟疑是否应该说出实情，李昌告诉玄奘应该实语相告，他自当尽力设法帮忙。李昌听玄奘讲了实情，深表同情，就当面撕毁了文牒，并力劝他及早离开这里为妙。

玄奘还是坚定地向西去了。

敦煌的古代文明源远流长，它是中国历史上的军事要地，也是中西往来和民族融合的枢纽，是文化交汇和佛教艺术的中心。西汉有过张骞出使西域，有过 20 岁的骠骑将军霍去病南下祁连围歼匈奴的壮举，遂开始设立敦煌郡。随后筑阳关、玉门关，修长城，建烽燧，屯田垦种，打开了通往西域、中亚的丝绸之路。敦煌沃野，曾是汉军的根据地，更是东来西往的使者和商旅略事休息的大都市。

敦煌地区有着特殊的地理位置和地理环境，特别是自然生态面貌及其演变，奠定了它在中国历史发展中别具一格的重要地位。虽说它现今的地域面积仅有3万多平方公里，但它对中国和世界，都曾有过特殊的历史贡献。

莫高窟是敦煌孕育的文化艺术圣地，它像一颗明珠，在历史的长夜里时隐时显，不断折射出其博大精深的历史光芒。中原王朝统治时期，敦煌蒸蒸日上，成为丝绸之路上的重地，促进了各民族的融合。中原王朝衰退时，内地战乱，敦煌要么为少数民族所占领，要么成为小环境较为安定的福地，内地流民和文生儒士把这里当成避祸之所。政治统治的相对松散，特殊的地理和自然生态环境，造就了敦煌的成熟。

从远古时候的"三危""流沙"地，到文明时代的"敦煌""沙州"，这一地区基本上是以现在的敦煌市为中心，以自己的政治、经济、文化及艺术紧密联系和辐射周围地域：北面有内蒙西部、蒙古西南部和俄罗斯的一些区域；西面的新疆东部甚至于西域中部；南面则直跨青海，影响西藏及四川西北部；东面可达宁夏、陕西北部；东南面连接整个河西走廊，影响兰州及陇右地带。

早在秦代，敦煌地区就从相对稳定的时期进入奴隶制时代，比中原地区的奴隶制稍晚，却延续时间较久。匈奴等游牧民族在战争的推动下，受中原的影响加快，原有的游牧民族大量迁徙，开始进入西域、中亚，这里逐步形成了准内陆的居民结构。从汉代至唐朝，敦煌成为军事战略重地，丝绸之路的意义已不仅是丝绸贸易，它已成为一条传播文明之路。东西方各民族智慧和精神的种子，从东撒向西，从西撒向东，在敦煌这一纽带上演出了一出出精彩的活剧。

敦煌作为丝路上的门户，在隋炀帝时有过召见 27 国使者的盛事，到了唐代有"元宵灯会，长安第一，敦煌第二"的说法，成了唐代著名的国际贸易中心。唐时，纺织练染业非常发达，为满足贵族宫廷和中西贸易的需要，丝织品的花式很丰富。在敦煌莫高窟发现的大约开元年间废置的大批残幡，大部分是由绞缬绢和蜡缬绢制成的。

当时的敦煌城内，一群群人在忙着办理出入境手续，雇赁驼队向导，购备粮食，装载饮水，想必是十分繁华的。每天有早、中、晚三次集市，交易活跃，买卖兴隆。各地生产的丝绸、茶叶、陶瓷器具，首先在这里批发交易，然后再运转西方各地。而西域各国出产的金玉珠宝、奇禽异兽及畜牧业产品，也是在这里批发交易后，转运销售中原各地的。敦煌当时的商铺，据《王梵志诗》记载，

"行行皆有铺，铺里有杂货"，可见其市场繁荣景况。

在丝绸之路玉门关、阳关东西两条大道上，各国各地使臣、将士、商贾、僧侣等往来不绝，相望于道。在莫高窟壁画中，出现了许多西域使者和胡商、僧侣的形象，有的牵着满载货物的驼队，跋涉于大漠之上，有的赶着毛驴马匹，驮着丝绸绢匹，奔走于崖谷之中。这些来往的商人，有深目高鼻、虬须卷发、头戴白毡高帽、身穿圆领长袍、脚蹬乌皮鞋的波斯人，也有浓眉大眼、高鼻多须、身披袈裟的西域梵僧。

唐王朝的对外贸易，经以敦煌为枢纽的西北陆路，由西域通往西亚、欧洲等地，通过闻名于世的丝绸之路，大量的丝制品和工艺品传至国外。在吐鲁番阿斯塔那墓葬中，发现过一帧高昌安西都护府牒，文中说道，在弓月城，也就是今天的伊宁附近，一次可取绢275匹。玄奘西行取经路过高昌，国王送与"绫及绢等五百匹，充法师往还二十年所用之资"。由此可见，由此输往西方的丝绸之多，无愧于丝绸之路的称号。

当时属沙州管辖的石城镇，就有康国人奏事的条文。沙州的西北部有一所"兴胡泊"，也是胡商侨居的地方。在沙州城附近有一土城，是波斯的安息人和中亚安国侨民的居住地，故称安城。城内建成有祆教的神庙，来往祭祀的西域商旅和当地百姓众多，教事兴盛。玄奘经敦煌西行取经时，曾"同侣商旅商胡数十"同行，印度无畏三藏到唐朝，也是和"商旅同次"。中外商旅往来的频繁，促进了敦煌作为国际贸易市场的繁荣。

之后更朝换代，几易其主，海上丝绸之路开通，明代封闭嘉峪关后，敦煌的地位逐渐下降。

20世纪初，敦煌地区的历史文化遗存遭遇了空前的劫掠。作为考古学家、探险家，大部分人的行为是有一定贡献的。但也有学者型的强盗，对这里的破坏、损害、劫掠是不应该宽恕的。

1905年，俄国勃奥鲁切夫探险队首先至敦煌，盗走古经卷一批。

1907年3月，匈牙利籍英国人斯坦因，随带翻译蒋孝婉至莫高窟，经过三个月的谋划，贿通王道士，盗走六朝至宋代经卷、写本24箱，计万余卷，另有佛像绣品及绢画500余幅，偷运至伦敦博物馆。

1908年7月，法国人伯希和来到敦煌，又贿通王道士，盗走珍贵文物6000多件，并摄影数百帧，运回国内。次年，伯希和捡取少数经卷，在北京公之于众，中外为之震惊。

1910 年，宣统政府学部命甘肃当局将剩余残卷尽数运至北京。敦煌官绅上下惊诧异常，方知经卷之珍贵，争相捡取，共拿走 2000 余卷，王道士又趁机暗藏了一部分。这样，运至京城的经卷仅剩 8000 余卷，王道士私藏的一部分又陆续让外国人骗买了去。

1911 年 10 月，日本人吉川小一郎和橘瑞超来到敦煌莫高窟，先后四个月，从王道士手中骗买经卷 469 卷、彩塑两尊。

之后，白俄人的残部逃到这里，在洞窟中生火做饭，壁画被熏得面目不辨，而且任意破坏，可恶之极。最后来的是美国人华尔纳，用化学胶布粘走了唐代精美壁画多幅。

敦煌石窟，包括今甘肃省敦煌境内的莫高窟、西千佛洞、今安西县境内的榆林窟、东千佛洞、肃北蒙古族自治县境内的五个庙石窟等。在中国古代社会的大部分时期，这些石窟都在敦煌郡治范围内，其内容和形式同属一脉，被总称为敦煌石窟。

沙州古城遗址，在敦煌城党河以西，土墩断墙，如今已经成了一片棉花地。汉武帝开通西域后，在这里设敦煌郡。公元 400 年，西凉王在这里建都，敦煌在历史上第一次成为国都。21 年后，北凉王攻打此城，太守带兵坚守。北凉王围攻数月，损兵折将，遂下令在城东党河上筑起工事，拦聚河水淹城。太守随即挑了 1000 名壮士，搭板为桥，偷偷潜出城外，意欲决堤放水，保卫城池。不料这一行动被敌军识破，壮士被杀死，城池终让水淹，太守自尽。西凉灭亡后，此城逐渐衰落了。

隋唐时期，此城仍是郡、州治所在地。安史之乱后，吐蕃乘虚而入，占领了河西地区。沙州城被吐蕃重兵围困长达十年之久，终于弹尽粮绝，开城降番。又经过71年漫长的奴隶生活，敦煌首领张仪潮率众起义，驱逐了吐蕃，收复了河陇11个州的大片土地。之后，沙州城被西夏王攻克，统治了190年。明代后，此城被弃。

如今，作为敦煌八景之一的"古城晚眺"，以高大苍凉的城墩，向游人诉说着古丝路上的往事。

墨离海

眼前这一片湖水，是有典故的，它已经瘦了，绿绿的芦苇围成一条美丽的项链。这片湖水如今叫苏干湖，在唐代时称墨离海，多有诗意的名字！

100 多年前，在敦煌莫高窟秘室中发现了一大批宝藏，可惜的是有不少文化艺术珍品散落于 20 多个国家。仅俄罗斯圣彼得堡就珍藏着敦煌文献 12000 多件，相关的黑城文献 9000 多件。在这洞藏宝物中，有不少唐代的诗词。其中一首《菩萨蛮》有语"敦煌古往出神将"，说的是抗击吐蕃的唐将阎朝，他杀死了企图弃城突围的上司，率领军民死守敦煌城十年。由于弹尽粮绝，最后只好向吐蕃提出了投降条件——不将城内部属押解到其他地方去。城下之盟，能有多少可信的东西？后果可想而知。

在洞藏文物中，发现的另一本唐人诗集，抄有几十首诗，都是《全唐诗》未收入的。诗集是两人合集，一位是马云奇，另一位是毛押牙。作者当然是业余的，马是关中人，毛是内蒙人，二人皆在唐军中当差，于敦煌陷落后被俘。二人沿不同线路被押解至今西宁多巴镇临蕃城，恰好在祁连山两侧画了一个圆。二人在此结识后以诗往还，便有了这本传奇的诗集。囚徒之悲苦，自然景色之凄清，当是泣血之作。

其中毛先生的足迹是从敦煌向南，经今天的当金山口的匈门抵达苏干湖（当时称墨离海）。在离开敦煌城，西行至匈门前时，落为唐俘的毛押牙一边走一边琢磨诗句："西行过马圈，北望近阳关。回首见城郭，黯然林树间。"腹中诗书，让身为囚徒的毛先生犹如山中宰相。而旅途中，每一步都带着诗人的悲愁，越走越远了，恐怕只有在梦中，才能回到思念的地方。他离开墨离海后，又经大柴旦即西门，在格尔木折向东行，经青海湖边的黑马河、倒淌河至西宁多巴。

这正好是我们这次原计划要走的线路，也是石油人的柴达木情结中的地名和山川形势。但一代石油人和我们不是俘虏，是开拓者，毛押牙的壮怀激烈为这一带山川景物增添了无尽的精神内容。他的思情，让缺乏生命和人烟的盐泽戈壁有了永不消逝的灵魂。先行者的人格魅力是令人震撼的。

作为一种民族精神的源流，这个在千年之后出土的诗人，陈年老酒一样让人在陶醉中想笑也想哭。

唐人毛押牙在作为俘虏途经墨离海时，写了一首诗给他敦煌的知己："朝行傍海涯，暮宿幕为家。千山空皓雪，万里尽黄沙。"西行路上，朋友越离越远，而吐蕃的习俗越来越多，回望故地，只能独自流泪。周围不再是大唐的边疆，而是异域的雪原，白昼短促，长夜难眠，拘留在此，是一天比一天老了。

他在墨离海附近待了不少日子，从冬天到来年夏天，都是在此度过的。夏天也落雪，海水阴晦，这恐怕是真实的气象记录，云愁雾不开，其实是诗人的心境所致。

后来，他离开这里继续南行，到格尔木驿站待了一年左右，秋天到达黑马河，经青海湖边，抵至西宁附近的临蕃。从敦煌到那里有4000里路，走了两年多，到头来还是逃不了被监禁的下场。如果能变成一只自由飞翔的乌鸦也好啊！有谁念及你的凄惶一片心呢？

次年春末，囚禁在吐蕃的唐俘被放归沙州，毛押牙却不在放归之列。他作《有恨久囚》抒怀："人易千般去，余嗟独未还。空知泣山月，宁觉鬓苍斑。"之后，他结识了在押送中殊途同归的马云奇，有机会一起酬唱诗篇，该是一件愉快的事。他们一起说到投降匈奴的汉将李陵，说到苏武，从中排解相同命运带来的郁闷。

据说，毛押牙后来还是被释放了。马云奇有押送途中忆女儿之作，说"发为思乡白，形因泣泪枯。尔曹应有梦，知我断肠无"。他说我的眼泪滴到了东流的湟水中，但愿它把我的思念带回长安。

眼下，墨离海一带的海市蜃楼在不厌其烦地推销它的产品，我们已经领教过了，只是把它当成大自然的朦胧诗和抽象画看罢了，如果当真，你就是傻瓜一个。

当金山的雪峰远去，祁连山的雪峰又远远地陪伴在你左右，近处的则是黑沙山的群峰，一直伸展到天边去。

莫高窟

敦煌，顾名思义：敦，大也；煌，盛也。

敦煌是以莫高窟艺术宝库而辉煌于世的。西汉时，丝绸之路就从这小小绿洲经过。到了唐朝，丝路在南北两线格局中又形成了一条北新道，都是必经这里的。人烟稠密，经济繁荣景象可以想见。即使在丝路畅通无阻的时候，由敦煌西去的道路也是充满艰险的。无边的沙漠，恶劣的气候，经常使旅人丢失性命。西出的和东归的人们，在面对大自然显得无助时，只有依赖神灵，祈求平安。

于是，当时流行的佛教便在敦煌逐渐发展起来。佛教，在丝绸茶马之外流动在丝路上，和尚僧人成了丝路旅客的重要组成部分。玄奘西域取经，成了千古流传的经典，神话演义小说《西游记》至今仍是一种大众化的精神消费品。

到了敦煌，不去莫高窟，是领悟不到它的大与盛的。莫高窟，俗称千佛洞，起先的意思是在沙漠高处开凿的石窟，也因当地归漠高乡管辖而得名。也有一层意思，说后来的石窟都难以超过最早开窟的乐尊和尚，"莫高于此"是也。

早在前秦时候，有一个名叫乐尊的和尚来到敦煌，当他经过今天的莫高窟附近时，落日照在三危山上，他似乎看见了神秘的佛光。于是，这位虔诚的佛徒便在对面的岩壁上开凿了最早的佛教洞窟。以后，众多佛教信徒继往开来，凿洞塑神，形成了今天莫高窟的洋洋大观。

过了党河的临时淌水河床，经过街市和居民区，向东南方向行驶个把钟头，看见沙山上有一塔状沙丘，进入一片绿洲，靠西岸即是古丝路上的璀璨明珠莫高窟了。

入莫高窟峡谷，树木多为白杨古树，像一片绿云，恒久地掩蔽着崖壁上的石窟，为干燥的天地和风干了一样的历史遮阴挡凉。维修过的沉积崖，灰色的崖壁，有几百处洞窟均装置了深色铝合金门窗。进入七层塔门，攀上崖壁上的三层梯台，其间有若干洞窟。无论是高大的泥塑，还是琳琅满目的飞天、佛事壁画，都让人感受到一种神秘力量的震撼。

它的全盛时期在唐朝，放置壁画和佛像的洞窟佛龛有上千个。

由于流沙侵蚀，至今只剩490多个洞窟。唐宋时代的木制建筑，也不失为珍宝。无名氏诗曰："雪岭干青汉，云楼架碧空。重开千佛刹，旁出四天宫。"浏览圣地，可以洗涤心灵，希望离开尘世，进入极乐佛国。

北宋时，敦煌被西夏占领，和尚们将宝贵的佛经、文书、诗抄、绢绣等坚壁清野，藏入一个3米见方的小洞窟中，外墙封闭，绘上壁画，一直到1000年后才重见日月。

也就在100年前的一天，莫高窟的住持王道士在雇人清理十六洞窟积沙时，发现了这些宝物。当时是炎热的夏天，王道士雇来抄写经文的杨先生，把桌案放在了凉爽的十六窟甬道里，抄写困了，就用芨芨草秆点火吸旱烟解乏。他常把燃烧剩余的草秆插入墙缝，以便取用。一天，他吸完旱烟后，又把草秆插入墙缝，谁知越插越深，用手一叩，墙壁发出空音。他把此事报告王道士，二人铲去墙皮，显出一个用土块封砌的小门，竟是一座小石窟。这座后来被称作藏经洞的小石窟，清理出的宝物约4万件之丰。可惜陆续被外强内贼洗劫无数，保存至今的已经不多了。敦煌学专家以为，藏经洞说法有三，一是避难说，二是废弃说，三为书库改造说。不管怎么说，越说越是一个千古之谜。

　　我随了一个外国游客团，挤在一股异域香水的气息中，追逐着导游手中电筒的光亮，看了三个洞。意思到了就行，要欣赏泥塑壁画的细部妙趣，还不如回去仔细阅读那些画册。出门站在河边，望着对面一座座佛塔，哪一座是王道士的塔呢？王某人的是非曲直，任人评说，他对于眼前的艺术瑰宝是功大于过还是过大于功呢？后人站着说话不腰疼，有多少东西是对自己生命的真实感悟，哪些又是佯装正人君子般的为作文而作文的呢？

　　敦煌莫高窟艺术，在汉晋文化的基础上，吸收了西方佛教文化的营养，其形式被汉文化所接受。到了唐代，在莫高窟开窟最多，其文化艺术价值也走到顶峰时期。莫高窟现存唐代洞窟 200 余窟，几乎是现存洞窟的二分之一，且艺术风格变化显著，逐渐走向了石窟艺术的成熟期。武则天时代，沙州佛事兴盛与武则天信奉佛教是分不开的，加之对西域的用兵也更加频繁，奠定了自上而下的佛教与石窟寺的发展。

　　进入盛唐后，当时的将军、都护、军使出征西域时，大都带着文士、诗人、歌童、舞女、医卜、星相、画匠和织工等各类随军服务人才。沙州刺史在建窟造像时，也一定有他们从内地带来的工师们参与绘塑，为当地画工传递了新画风和新技法。洞窟的画工以他们对佛教文化艺术的不同理解，以各具个性的画风，画出了不同的作品，表明了不同的佛教思想和文化艺术观念。它所具有的丰富的艺术想象力和多样的表现力，受到了当时信众和今天的游人们的敬仰。它的建筑、彩塑、壁画，营造了一个神奇的佛国天地。它的佛像画、本生故事画、供养人画像、图案画从艺术品发展角度审视，都达到了一个相对完满的高度。

敦煌飞天是莫高窟艺术的标志，它是佛经中乾闼婆（即天歌神）与紧那罗（即天乐神）的合称。她们的职能是侍奉佛陀和天帝释，因能歌善舞，周身还发出香气，所以又叫香音神。

飞天不长翅膀，不生羽毛，没有圆光，借助云彩而不依靠云彩，主要凭借摇摆的衣裙、飞舞的彩带而凌空飞翔。飞天来自印度，但敦煌飞天却是印度文化、西域文化和中原文化共同孕育的。她们是自由飞翔的天人，是地面上的人渴望自由的产物。敦煌飞天从十六国开始，飞越了十几个朝代。从西域飞天到中原飞天，由圆脸大眼到眉清目秀，一直到唐朝的飞天，经过了很大的变化。开放的唐朝，把以往多画在窟顶藻井之中的飞天，画在了大型经变画中，给人一种姿态奇异的飞动之美。而且出现了双飞天，身材修长，双腿上扬，衣裙舒展，自由飘荡。当然，晚唐的飞天已由激昂变为忧思，有的扬手散花，吹奏羌笛，神情平静，并无欢乐之感。飞天的演变史，也正是社会历史变化的象征。

　　所谓的敦煌舞，是指壁画中所表现的各种舞蹈形式，它是中国古典舞蹈的精华和代表作。关于舞蹈的起源，一种说法是产生于劳动，也有起源于性交的说法。敦煌舞一扫前世舞风，不是劳动形式，也不是性爱作乐的姿态。它潇洒飘逸，古朴典雅，时代与民族特征明显，给人以审美的全新享受。它反映了从北魏到元代各个时期的舞蹈形式，大体上可分为飞天舞、童子舞、经变舞、礼仪舞等。童子舞的舞者是儿童，居莲花之中，欢乐吉祥。经变舞中，有胡腾舞、胡旋舞、柘枝舞、剑舞等。礼仪舞是在盛大礼仪场面中的舞蹈，以渲染气氛为主，如同社火中的秧歌。

　　在藏经洞中，曾发现了最早的舞谱。敦煌遗书中的舞谱有二，一是现今收藏于巴黎的《南歌子》等八谱，二是收藏于英国的《蓦山溪》等三谱。这些舞谱一经破译，就可以排出那个时代的舞蹈形式来。

　　曾经风行一时的《丝路花雨》，令多少人为之动情。

　　这里还发现过中国最早的原始剧本，它是晚唐时期的《释迦因缘》，全剧522字，比原先发现的汉文南戏剧本《张协状元》早350

多年。还有藏经洞中发现的敦煌古谱，为唐传乐谱，计有 25 首之多。这也是我国发现的最早的古谱。

在莫高窟第 323 窟北壁西端，画的是张骞出使西域的故事。汉武帝时代的张骞，是一位探险家，是丝绸之路的开拓者。

当时，他前往西域，寻找联络大月氏，合力进击匈奴。一到河西走廊一带，就被匈奴骑兵所俘，给他娶了匈奴女子为妻，监视并诱降他。漫长的 11 年之后，张骞趁机逃出匈奴的地盘，继续西行。他穿过戈壁沙漠，翻越葱岭，到达大宛国。张骞在大宛国见到了汗血马，后又到达康居、大月氏、大夏等地，虽未能完成合谋进击匈奴的任务，却获得了大量西域各国的人文地理资料。回程中，又被匈奴抓获，再次逃走，回到阔别 13 年之久的长安。

汉王朝为了联络乌孙，断匈奴右臂，命张骞二次出使西域。随后，汉武帝派名将霍去病带重兵攻击匈奴，消灭了盘踞在河西走廊和漠北的匈奴，建立了河西四郡二关，开通了丝绸之路。

莫高窟的这幅图画，是现存最早的"张骞出使图"。敦煌壁画故事丰富多彩，如释迦牟尼传记、尸毗王割肉救鸽、九色鹿舍己救人等故事广为流传。由此而形成的敦煌学说，不是来这里浏览几回、读几本史料就可以说明白的。

　　莫高窟的艺术是凝固的，也是鲜活的。沙崖下的河干涸了，一股清流被输入水渠，悄悄地流泻。而潜流一定是巨大的、丰沛的，不然就不会有我们头顶上蓊郁的绿盖，让阳光丝丝缕缕地漏下来。河岸上的旅游设施仍在施工，它比起崖窟中的一切只能算是粗活。在纪念品市场，我购买了一本敦煌历史文化的书、一盘光碟、一枚藏式三色铜手镯，加上草草的观览印象，算是到此一游的收获。

　　临别时，站在停车场外的沙地上照张相，背景是原始的崖窟，倒感觉是最好的。洞窟，沙梁，残缺的佛塔，加上几缕柳絮，再诗意不过了。看见做旅游生意的当地女孩，高挑个头，眉目传情的神色，就觉得是洞窟中的形象活了，在你的眼前游移。水土所致，莫高窟的一切都是和谐的、美妙的。

嘉峪关

嘉峪关，似一条巨龙盘踞在戈壁滩上。它是不断修复而成的，早已失去了军事防御的功能，如今成了旅游的宝地，差不多人都会说一个这里的故事。当初的工匠多么高明，从设计到施工完成，仅仅剩余一块砖头。据说游客至此，都要去看看这块多余的然而是神奇的砖头。

我站在围墙外，首先感觉到的是这里的土地太阔绰了，反正是戈壁滩，圈一大块，就成了宽阔的广场和附属地带。种上树，修了路，有一些标牌，就成了嘉峪关的旅游胜地。望着高高低低的楼台亭阁，看着那片天空上飘浮的云彩和飞旋的小鸟，原始的雄关是什么样子呢？

万里长城，西起眼前的嘉峪关，东至山海关，全长6000多公里。远在春秋战国时期，魏、赵、燕、秦等国，已经在自己的北部边界修筑了本国的长城，以防止北方游牧民族的侵扰。秦始皇灭六国后，派大将蒙恬率军数十万人驱逐匈奴，将各国原有的长城连接起来，成为西起临洮、东抵辽东的万里长城。

有诗说，秦始皇难道没有干才，蒙恬也并非不能征战，为何要修如此浩大的长城，用来阻挡北方胡人的入侵？要想用沙子筑成城墙当然是人间的难事，因筑城而死的人，手里还抱着夯土的木杵不放。当时蒙恬守上郡十多年，统一天下，威镇匈奴，到头来又有什么用呢？后来群雄并起，争夺天下，秦王朝还是不可避免地灭亡了，英雄蒙恬却成了冤魂。

另有诗人说，所有割据的国家都不讲什么仁义，始终以强暴武力为后盾。"一人如有德，四海尽为家。"一个国王，如果努力改善政治，那他到天涯海角也和在家里一样。

唐代长城的西端在临洮、五原和大同一带，明代将其西延到了肃州，在此修筑了嘉峪关这座雄峙于河西走廊的关城。其南边是险峻的祁连山，北边是陡峭的北山，由关城修筑的长城直达山下。要经河西走廊的人，必须通过嘉峪关才能进入内地。

在长城上，还筑了很多高高的烽火台，台上有一高架，上挂笼子，内装干柴枯草。当发现敌人侵犯时，立即点燃，白天以烟为信号，晚上用火光报警。据记载，燃烧狼粪，其烟能聚而直上云霄，有利于远传。

为防止北方游牧民族侵入，长城大都修筑在地形险峻之处，并有军队驻防。军人们常年驻守在这戈壁大漠上，生活极为单调，愁闷之情是难以排解的。

王昌龄诗云："琵琶起舞换新声，总是关山旧别情。撩乱边愁听不尽，高高秋月照长城。"正是边防将士思归心境的写照。

清朝的林则徐在被谪戍伊犁途中，在这里写了几首诗，说是出嘉峪关的感赋。"严关百尺界天西，万里征人驻马蹄。飞阁遥连秦树直，缭垣斜压陇云低。"林大人在诗中似乎只说古不道今，查办鸦片引发战争，从战败到革职到谪戍西陲，他是何种心情？毕竟不是闲情逸致，来此观光或调研的。细读再三，诗人的主观思想已经毫无疑问地融化在了诗句里，你能让他在诗中鸣冤叫屈不成？

这里的管理人员说是此地严禁拍摄，要办很繁琐的手续，我们索性放弃了入内的愿望。沿着公路边戈壁滩上的小路，我们的车子朝着关外的荒野开去。这是一片芦草茂密的开阔地带，冷风嗖嗖地吹着，借助芦草挺拔飘逸的前景，我们拍下了嘉峪关在太阳落山时的美景。也许眼前这一片芦草，是从守边将士的尸骨上长起来的。

干河床对面的公路上，一辆辆车子在向东向西疾驶，雄关成了坦途。

当年，日本探险家渡边经过嘉峪关，遇到的情况和我们差不多。他在笔记中写道：离开哈密约十一天到达安西，城的外围是一些贫穷的村庄，从那里经过玉门县到嘉峪关。当时已经是半夜，怎么也不给我们开关门，同行的中国人说，嘉峪关是天下七镇之一，所以半夜很难叫开门。我们的随从拿出了护照，才算把门打开。嘉峪关在万里长城的西端，从这里开始，算是中国内地了。

嘉峪关的市区和车站，也是宽敞粗放的。它的洁净和时尚，更多的属于现代的风貌。行人不多，绿树簇拥，在远处雪山的映衬下，清爽之气泛上干渴的心头。城外多处戈壁滩被圈了起来，在孕育开发的梦、发财的梦。

魏晋壁画墓，位于嘉峪关市东北 20 公里的新城戈壁滩上。古墓有百余座，挖掘的几座大多是壁画墓，保存有 600 多幅。墓内壁画多是一砖一画，取材有农桑、畜牧、狩猎、林园、伎乐、出行、衣帛等，为河西段氏家族墓葬。画以赭石色和红色为主，用色单纯，热烈明快，与敦煌石窟中的早期壁画十分相似。

丝路归来

我们的行踪，几乎是步唐僧西行的路线走了一个来回。从长安出发，经秦州、兰州、凉州、敦煌出玉门关，再经伊吾、西州、焉耆、龟兹、姑墨，进入图伦碛，又一站一站返还来路。

唐玄奘是由敦煌走北线，从阿耆尼经大清池即热海，抵达素叶即碎叶而出境西去的。回程路线，则是由疏勒入境，经碛南、于阗，走南线返回敦煌的。其来回的足迹，在西域的三条丝绸之路上纵横交错，几乎把南线、北线和北新线连接了起来。

我们只是把天山以北的丝路留给来日，再去寻访古庭州、唐轮台和伊宁，在曾经的大清池边感受一代大法师的禅意。至于再向西，进入波斯、大食，那将是另一番纷纭繁复的灵性之旅。

当年，唐玄奘西行求法，从长安走的时候，只有 28 岁。在印度留学加上路上的时间，竟达 17 载，携经像回到长安时，已经 45 岁了。在印度诸国，他遍礼圣迹，遍习诸派经论，终成大器。

离开印度，辞行回国，途中翻过今天的帕米尔高原，雪地行走500 里，至喀什的塔什库尔干，停留 20 多天。又东北行 5 日后，逢贼劫掠，两头驮经大象溺水而死，又冒寒履险 800 里，出葱岭，到达莎车。继之越大岭，过叶城，到达于阗时，已是贞观十八年，即公元 644 年了。于阗国王来迎，遂入都城，为千人讲经。又为弥补失落的经像，派人往屈支、疏勒等国访问经本抄写。

在这里，玄奘见到了高昌国派来的使者，当他知道曾与其结为兄弟并许过愿的高昌王已故，遂罢了北去高昌的计划，改由南道就近回国。先一表奏明，派人入长安代奏，呈疏表一封，感涕不尽。七八个月后，得到唐廷下敕，准许玄奘还国。

于是，玄奘从于阗起程，过尼壤即今天的民丰县，东入大流沙，至且末、楼兰，进入唐朝境内的沙州（即敦煌），又附表朝廷。当时唐太宗在洛阳宫，准备征讨辽东，知道玄奘就要回国，命西京留守房玄龄接待。玄奘回到长安西郊漕上的时间，是贞观十九年（645年）正月二十四日。

第二天，众多官员僧俗簇拥在朱雀大街南，迎接玄奘进入长安城。所携经像以 25 匹马负载，运往弘福寺。梵音赞歌，一时响彻天空，景象空前。随后，玄奘赶去洛阳，谒见唐太宗。太宗慰问赞叹，谈及西域风土，并提议玄奘还俗辅政，玄奘坚辞便罢了。玄奘回到长安，居弘福寺。

之后，玄奘着手经典翻译之事。贞观二十二年六月，玄奘奉敕至坊州宜君凤凰谷玉华宫，唐太宗问及典译事，遂撰《大唐三藏圣教序》。年底，入居大慈恩寺，充上座。永徽三年，亲负簀畚，建造大慈恩塔。

显庆四年，即 659 年 10 月，玄奘率诸僧移住玉华寺，专心翻译。麟德元年（664 年），玄奘圆寂，葬白鹿原，后迁葬樊川北原。

我们一行，是在 21 世纪伊始的一个秋末的早上，从嘉峪关上车，踏上东归长安的路程的。

在归途的列车上，我在读一本叫《丝绸之路》的书。20 世纪开始前后，瑞典学者斯文赫定走过西域、河西走廊，也到了西安，他在完成对荒凉广漠的西北高原的考察之后，写了这本书。其中说道："可以毫不夸张地说，这条交通干线是穿越整个旧世界的最长的路，从文化、历史的观点看，这是连接地球上存在过的各民族和各大陆的最重要的纽带。对中国来说，延伸和维持联系其与亚洲腹地之内领地的伟大线路，是至关重要的。"

他还说："在这段旅途中，我们看到了长城，它像一条找不到头尾的灰黄色长蛇，伸展在大漠之中，它已经完成了保卫中原帝国、抵御北方蛮夷入侵的历史使命。烽火台一座接一座，似心跳一般有规律地隐现在道路的尘土和冬天的寒雾之中，似乎铁了心要和事物消亡的法则抗拒下去，尽管经历了多少世纪的沧桑，却依然挺立在那里。"

我的心情也一样，想象着一幅幅鲜活的情景，憧憬着现代文明带给这片土地以新的希望，幻想着人的创造力的空前发展，让人为之目眩。

往西行，是无尽的大漠戈壁，有无数雄奇苍凉的故事，人创造了绿洲，发现了地底下的宝藏，让我们饱览了西部之西的空寂与壮阔。东归的路，是回到汉唐的故园去，回到中原和关中的沃野上去，回到丝绸之路的出发点去。

我们走了一个轮回，不是唐僧取经，不是岑参守边，也不是开发者，我们的精神游历没有走出自己的心灵。但它一定开阔多了，柔软也坚韧多了，如同走过的辽远曲折的丝路。

这天上午 10 时许，我们回到了当初出发的地方。出了车站，透过古城墙，一眼就又看见了大雁塔。西行归来，感觉古城墙、城楼是从未有过的亲切的归属感。是的，我们生活在这座城市里，忙碌于眼前的日常琐事，从来没有像现在这样专注地去凝望它。

有一个谜语说，东方有战事。谜底是什么？西安。从这里到兰州，到敦煌，到吐鲁番，到库尔勒，以至葱岭之西，曾经每天有多少人奔波在这条古丝绸之路上。今天，仍有多少人往返于这条现代交通动脉的客车上、航线上，生活着，工作着，奔波着。无论古人还是今人，有谁不为空间阻隔去珍惜值抵万金的平安家书呢？

一个人一生的光荣与梦想是走出安乐窝，走出家门，去闯荡世界，创造新的生活。行走着，就证明你还年轻，你的心还没有老，你还有一种精神的冲动，一种勇敢，还有不断求知的欲望。如果没有行走的历练，就一定不会懂得回家的滋味。你不断地行走，让双脚犁铧一样耕耘在大自然和历史的田地上，你的心灵才能收获思想与智慧，从而拥有快乐生活的精神之仓。

行走在路上，或者在没有路的路上，是一个人生命力的证明。世界上有千千万万条不同的路，但没有一条路能比这条丝绸之路更长、更宽阔、更美丽、更让人梦魂牵绕。人，自然，历史，是这根长藤上的灿烂果实，是这部长卷中最动人的词语，是这条河流里最美的浪花。人类的生存方式和文明发展史，是离不开丝绸之路的。

在古丝绸之路上生长的现代丝绸之路，拉近了我们与世界的距离，从脚下出发，我们可以到达任何一个角落，去寻找我们需要的东西。这不仅仅是一条物质交流的路线，无疑也是一条精神融汇的通道，一条文化渗透的动脉，一个创造与审美的历程。在这条充满艰辛与欢悦的旅途上，你会找到心中的上帝和你自己。

我完成了一次丝路之旅。是曾经的骆驼，也不是骆驼，是时空的大漠之舟，生命的跋涉者，走过一条终生回想无穷的西行之路。一条小蚕，可以吐出一条丝绸之路，一匹骆驼、一个人就可以把这条长路踩在足下。

我们在说丝路，觉得当今世界上如此磅礴瑰奇的史诗是为数不多了。